KB265786

21 세기 황제

이영균 현대 판타지 소설
FUSION FANTASTIC STORY

21세기 황제 7

이영균 현대 판타지 소설

초판 1쇄 찍은 날 § 2012년 2월 17일
초판 1쇄 펴낸 날 § 2012년 2월 22일

지은이 § 이영균
펴낸이 § 서경석

편집부장 § 권태완
편집책임 § 어정원

펴낸곳 § 도서출판 청어람
등록번호 § 제1081-1-89호
등록일자 § 1999. 5. 31
어람번호 § 제1-1335호

주소 § 경기도 부천시 원미구 심곡2동 163-2 서경B/D 3F. (우) 420-822
전화 § 032-656-4452 팩스 § 032-656-4453
http://www.chungeoram.com
E-mail § chungeoram@chungeoram.com

ⓒ 이영균, 2011

ISBN 978-89-251-2776-7 04810
ISBN 978-89-251-2616-6 (세트)

21세기 황제

세기

황제

이영균 현대 판타지 소설

FUSION FANTASTIC STORY

[완결]

7

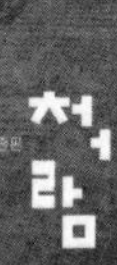

CoNTENTs

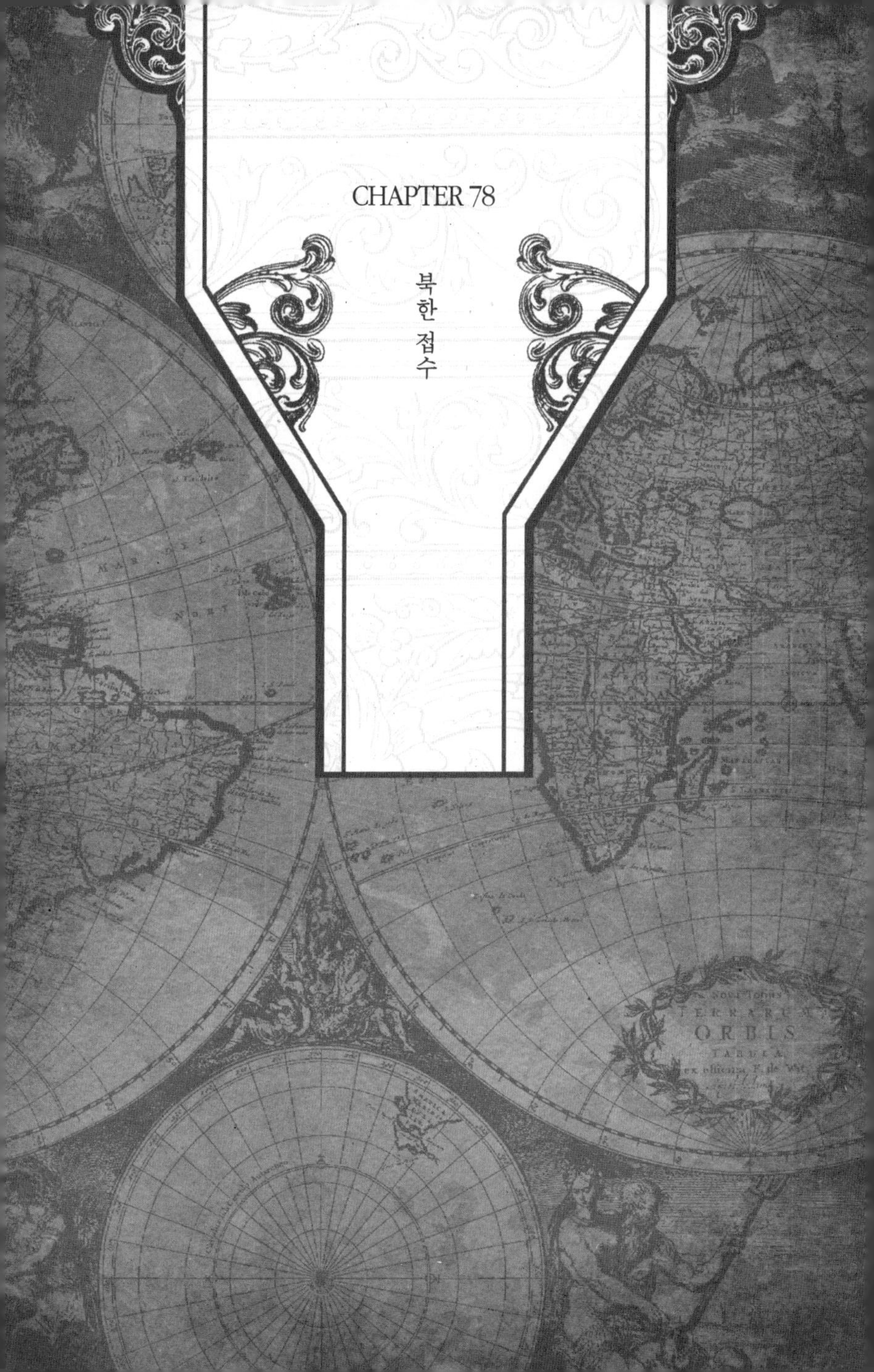
CHAPTER 78
북한 접수

김정은은 무혁이 예상했던 2주보다 빠른 7일 만에 백기를 들었다.

"살려주세요. 시키는 건 뭐든지 하겠습니다."

황태자로 태어나 원하는 방식으로 살아온 김정은은 이런 상황 자체를 이해하지 못하고 있었다. 눈을 감으면 지옥의 한복판이었고, 눈을 뜨면 검은 갑옷을 입은 남자들의 몽둥이가 날아왔다.

기절이라도 하면 편하겠지만 그럴 수도 없었다.

힐링포션은 팔, 다리가 부러져 고통에 몸부림치는 그의 몸을 구타에 대비할 수 있는 신체로 다시 복구시켰다.

"너무… 너무 매정한, 아니, 과격한 생각 아닌가요? 북한 주민들은 반백 년 넘게 기아와 공포에 시달렸어요."

"정확히 말하자면 공포는 아니지. 그들은 공포에 순응하고 말았으니……"

"그렇더라도 북한 주민들을 군인으로 이용한다는 발상은 쉽게 납득이 가지 않아요."

무혁은 흥분한 민유린의 손을 잡았다.

그리고 조용히 말했다.

"만일 이대로 통일이 되면 남북한은 둘 다 공멸이야. 그렇다고 북한을 차근차근 발전시키기에는 시간이 너무 많이 걸려. 또한 북한 주민들은 전쟁을 위해 50년을 살아왔어. 난 그들이 가장 잘하는 것을 했으면 해."

"……."

"그리고 덧붙이자면 대한민국 군인들도 전쟁이 나면 죽는 것은 마찬가지야."

민유린은 무혁의 말에 침묵으로 수긍했다.

어쩌면 북한은 전제왕조의 모습을 가장 잘 간직하고 있는 나라였다. 그런 나라를 장악하는 것이 정보가 무한대로 흘러넘치는 대한민국을 장악하는 것보다 효과적일 수 있었다.

"그렇다고 해서 김정은을 그냥 둘 생각은 없어. 김일성과 김정일의 핏줄인 것만으로도 유죄야.”

무혁은 향후 이용가치가 떨어진 김정은을 제거할 생각을 하고 있었다.

평양으로 돌아온 김정은은 안락한 침대가 주는 평온을 마음껏 즐겼다.

자신이 일주일동안 겪은 일이 행운인지 불행인지 구분하기 힘들었다.

아직도 지옥의 한복판에서 자신을 향해 날아오던 피 묻은 몽둥이의 모습이 선연했다.

김정은은 인간이 왜 목숨을 스스로 끊는지 알 것 같았다. 자살은 절망도 굴복도 아니었다.

어쩌면 그것은 포기였다. 하지만 포기도 불가능했다.

힐링포션의 세례 속에서 김정은은 한 가지 중요한 사실을 깨달았다.

“시키는 대로 하겠습니다.”

그제야 몽둥이찜질이 멈췄다.

‘무혁이란 사람. 인간이 아니야.’

미제의 헐리우드 SF영화에서나 보던 로봇이 하늘을 날고,

광선검이 강철을 잘라내는 모습이 떠올랐다.

　김정은은 자신도 모르게 몸을 부르르 떨었다.

　"너의 부귀와 영화는 유지될 거야. 대신 나에게 충성을 해."

　당장 자신을 죽일 것 같았던 무혁은 김정은에게 한 가지 제안을 해왔다.

　신과 같은 신위를 보여준 무혁은 김정은에게 북한을 최고의 '강성대국'으로 만들어주겠다고 약속했다. 그리고 그의 영화가 보장될 것이라 천명했다.

　이태리제 대리석과 페르시아 양탄자로 화려하게 장식된 방은 아직 그의 것이었다. 김정은은 이 방을 계속 소유하기 위해 무엇이든 할 각오가 되어 있었다.

　고개를 돌리자 부동자세로 망부석처럼 서 있는 인민무력부 호위사령부 사령관 윤정린 대장의 모습이 눈에 들어왔다.

　김정은은 윤정린 대장의 얼굴을 바라보았다.

　'그랬군!'

　눈빛을 본 순간 깨달을 수 있었다.

　윤정린 대장은 이미 자신의 사람이 아니었다.

　꼭 눈빛을 보지 않아도 알 수 있었다. 그가 일주일간 지옥 속에서 보내는 동안 평양에서 그 사실을 눈치챈 사람은 아무도 없었다.

'감시자!'

약속을 지킬 때였다.

김정은은 군부 요직에 자리 잡은 인물들을 한 명씩 21호 관저로 불러들였다. 그들은 아스란 섬으로 끌려갔다 돌아왔다.

돌아온 사람들은 하나같이 윤정린 대장과 같은 눈빛을 하고 있었다.

*   *   *

대한민국은 지금까지 한 번도 경험해 보지 못한 북한발 훈풍에 얼떨떨해 하고 있었다.

─조선 민주주의 인민공화국은 세계 혁명의 위대한 지도자이시며 조선민족의 영명(英名)한 지도자이시고, 백전백승의 강철 같은 영장(靈將)이신 경애하는 어버이 수령 김일성 동지의 유훈을 물려받으신 주체의 태양이시며 우리 혁명무력의 중건자이신 김정일 동지가 민족의 자존을 위해서 개발, 보유했던 핵을 전면적으로 포기한다는 사실을 세계만방에 알린다.

이는 국제사회의 평화와 지속가능한 유지 번영에 깊은 관심을 보이신 군사의 영재이시며 혁명 실천의 천재이시고 백

두산 일맥의 정통이신 김정은 동지의 전향적인 결정에 의한 것이다.

이에 다음과 같이 천명한다.

1. 조선 민주주의 인민공화국은 핵을 전면적으로 폐기한다.

1. 이번 조치는 아무런 선결적인 조건 없음을 밝힌다.

1. 핵 폐기 절차는 미국을 비롯한 희망하는 모든 국가의 참관을 전폭적으로 허용한다.

1. 하지만 이번 우리의 전향적인 조치를 정치적, 외교적으로 이용하려는 시도가 있을 시에는 분연코 떨쳐 일어나 100배 10,000배의 복수를 할 것이다.

1. 같은 맥락에서 조선 민주주의 인민공화국은 앞으로 일체의 대량 살상무기및 원거리 투사무기의 수출을 일체 하지 않을 것이다.

1. 조선 민주주의 인민공화국은 앞으로도 인류의 공존 발전에 해가 되는 일체의 행위를 지양할 것이며 우리의 인도주의적 조치가 다른 국가들도 심사숙고하는 계기가 되었으면 한다.

수십 년 간 핵 개발을 빌미로 벼랑 끝 외교전술을 구사하던 북한의 변화는 놀라웠다. 하지만 북한의 발표는 여기서 그치지 않았다.

북한은 지금까지 있었던 모든 대한민국에 대한 무력도발을 인정하고 사과했다.

—조선 민주주의 인민공화국은 대한민국 정부에 대해 다음과 같은 내용의 전통문을 보냈다.

내용은 다음과 같다.

일제와 미제의 침략 야욕에 맞서는 강철의 붉은 대오 인민군은 국토를 지키기 위한 만반의 임전태세를 유지하고 있던 중 불의의 사고와 오인 등으로 대한민국에 뜻하지 않은 인명과 재산상의 손실을 입힌 것을 인정한다.

우리 조선 민주주의 인민공화국은 이에 일반 피해 산정 방식인 호프만식 계산법이 아닌 라이프니츠식 계산법으로 피해액을 산정하여 보상할 것임은 약속한다.

이에 따른 양측 간 실무회담 시기는 남측이 요구하는 어떤 날짜와 장소라도 따를 것이다.

북한은 비록 실수라고 말하기는 했지만 연평해전과 금강산 관광객 피살사건, 서해교전, 연평도 포격사건, 천안함 침몰사건을 인정했다.

게다가 인정했다는 사실만으로도 놀라운 일인데 거기에

그치지 않고 피해자에 대한 철저한 보상을 약속했다.

북한이 택한 라이프니츠식 계산법은 민사소송에서 손해배상액을 계산하는데 사용하는 호프만식 계산법과는 달리 이자를 복리로 계산하는 방식이다.

피해보상 방식에서 단리 이자를 계산하는 호프만식에 비해 당연히 피해자에게 유리한 방식이라는 의미다.

북한의 발표는 이어졌다.

─조선 민주주의 인민공화국은 외세에 의해 훼손되고 침탈된 배달민족의 정기를 회복하는 작업에 즉각 착수할 것을 남측에 제의한다.

이에 최고사령관 김정은 동지는 남측의 대통령에 새로 취임한 길우영 대통령을 언제 어디서든지 만날 것을 제의한다.

회담 주제는 다음과 같다.

1. 불행했던 전쟁 이후 지속되어 온 정전회담을 항구적이고 지속가능한 평화회담으로 바꾸는 문제.

2. 북과 남이 공동체라는 인식하에 지지부진한 개성공단을 활성화시키는 문제.

3. 노령의 이산가족을 인도적인 견지에서 무조건적으로 상봉시키는 문제.

4. 지금은 끊어져 있는 시베리아 횡단철도를 성공적으로

연결하는데 대한 제반 사항.

　5. 군사적 긴장상태를 완화하기 위한 방법론에 대한 문제.

　전혀 예상치 못한 북한의 파격적이고 일방적인 발표에 대한민국은 술렁였다.

　그도 그럴 것이 이런 주장을 하는 당사자가 북한이다.

　북한은 대한민국에 있어서 애증의 존재다.

　단지 같은 민족으로서의 동질감뿐만이 아니다. 현실적으로 핏줄이 이어진 1,000만의 이산가족이 단 한 번이라도 가족을 보기 위해 모진 목숨을 이어가고 있다.

　북한의 선언에 사람들이 설왕설래하는 것도 그런 이유다.

　―김정은이 미친 것 아냐?

　―그러게 말이야. 다른 꼼수가 있겠지.

　―굶어 죽기 싫으니까 개방하는 거지 무슨 꼼수가 있겠어. 더 이상 버틸 수 없다는 것을 인정한 것이라고…….

　―김정은이 어렸을 때 유럽에서 공부를 했다는 말이 있던데……. 혹시 처음부터 착한 놈이었나?

　―그럼 자기 아버지 죽기만 기다린 것이란 이야기?

　―오호~ 랏, 그럴 수도 있겠다.

사람들의 추측은 대부분 김정은이 어린 시절의 유학 경험으로 민주주의와 시장경제에 대한 충분한 이해가 있었고, 정권을 잡자마자 할아버지와 아버지의 전철에서 벗어나 열린 세상으로 나아갈 생각을 하고 있다는 데 모아졌다.

하지만 그런 추측은 대한일보가 특종으로 내놓은 한 기사로 산산이 부서졌다.

심층보도로 자세하게 묘사된 기사는 국민들을 경악에 빠뜨리게 하기 충분했다.

─김정은은 김정일이 생존해 있던 시기에 대남 공작에 깊은 관심을 가졌다. 이런 관심은 별로 특이할 만한 사실은 아니다. 김정일도 후계자 시절 대남 공작을 전적으로 지휘하던 시기가 있었기 때문이다.

김정은은 대한민국을 떠들썩하게 만들었던 김성준의 기적을 보고받고도 불신했다. 그도 그럴 것이 김정은은 어린 시절 경험했던 유럽 유학의 영향을 전혀 받지 않은 확고한 유물론자였다.

하지만 운명의 장난처럼 김정은은 한 가지 경험을 하게 된다. 양강도의 한 공장에 지도를 나갔던 김정은은 노후된 공장 지붕에서 떨어진 철골에 뜻하지 않게 갈비뼈와 다리가 부러지는 중상을 입게 되었다.

부러진 갈비뼈가 폐를 찢고 들어가 분명히 죽어야 하는 중상이었다. 하지만 그는 중국에서 밀수입되어 지도층들 사이에서만 사용되던 힐링 포션 덕분에 목숨을 건질 수 있었다.

덕분에 완쾌한 김정은은 김성준과 클리페움 데이(clipeum Dei：신의 방패)에 대해 더 많은 정보를 요구했다. 하지만 후계자 신분으로서 그가 김성준에게 접근하는 데는 한계가 있었다.

기회는 빠르게 찾아왔다. 김정일이 사망한 것이다.

권력을 잡은 김정은은 은밀한 루트를 통해 클리페움 데이의 수장인 김성준을 북한으로 초빙했다.

그리고 김성준과의 대화에서 신을 영접했다.

이것이 북한이 대한민국에 대해 유화적인 신호를 보내게 된 계기다.

북한이 변화하게 된 계기가 클리페움 데이 덕분이란다.

사람들은 다시 한 번 클리페움 데이에 대해 주목했다. 그리고 종교가, 사람간의 대화가 철벽같은 북한을 변화시켰다는 사실에 반신반의했다.

하지만 사실이었다.

몰려든 기자들의 질문에 김성준은 다음과 같이 말했다.

"신은 언제나 공의로우십니다. 김정은 주석은 그것을 깨달았을 뿐입니다. 단지 그것뿐입니다."

대한민국에서 클리페움 데이의 위상은 묘한 구석이 있었다.

대외적으로 클리페움 데이는 기존 개신교의 편협함에 실망한 일부 신자들이 주축이 되어 만들어진 신흥교단으로 알려져 있었다.

기본적으로 개신교가 모태라는 이야기다.

대한민국에서 개신교는 어떤 부류의 사람들에게는 매우 부정적인 의미를 지닌다. 그런 사람들은 세상을 떠들썩하게 한 김성준의 부활과 여러 기적 사건들을 보고도 클리페움 데이를 그저 그런 사이비 종교쯤으로 치부했다.

하지만 사이비 종교로 여겨지는 클리페움 데이지만 반면에 사회적 위상은 높았다.

이유는 여러 가지가 있겠지만 가장 큰 이유는 사제들의 헌신적인 행위들이었다.

그리고 기존의 신뢰받지 못하던 복지재단이나 장학재단과는 달리 매직 컴퍼니와 굴지의 대기업들에서 기부받은 돈을 기반으로 매우 투명한 방법을 사용해서 대규모 교육, 사회, 복지사업을 전개하는 점도 긍정적인 평가를 받고 있었다.

이런 평가의 바탕에 김성준에게 감화된 김정은이 대한민국과의 항구적인 평화를 모색하고 있다는 훈장이 덧붙여졌다.

당연히 클리페움 데이는 폭발적인 성장을 하게 되었다.

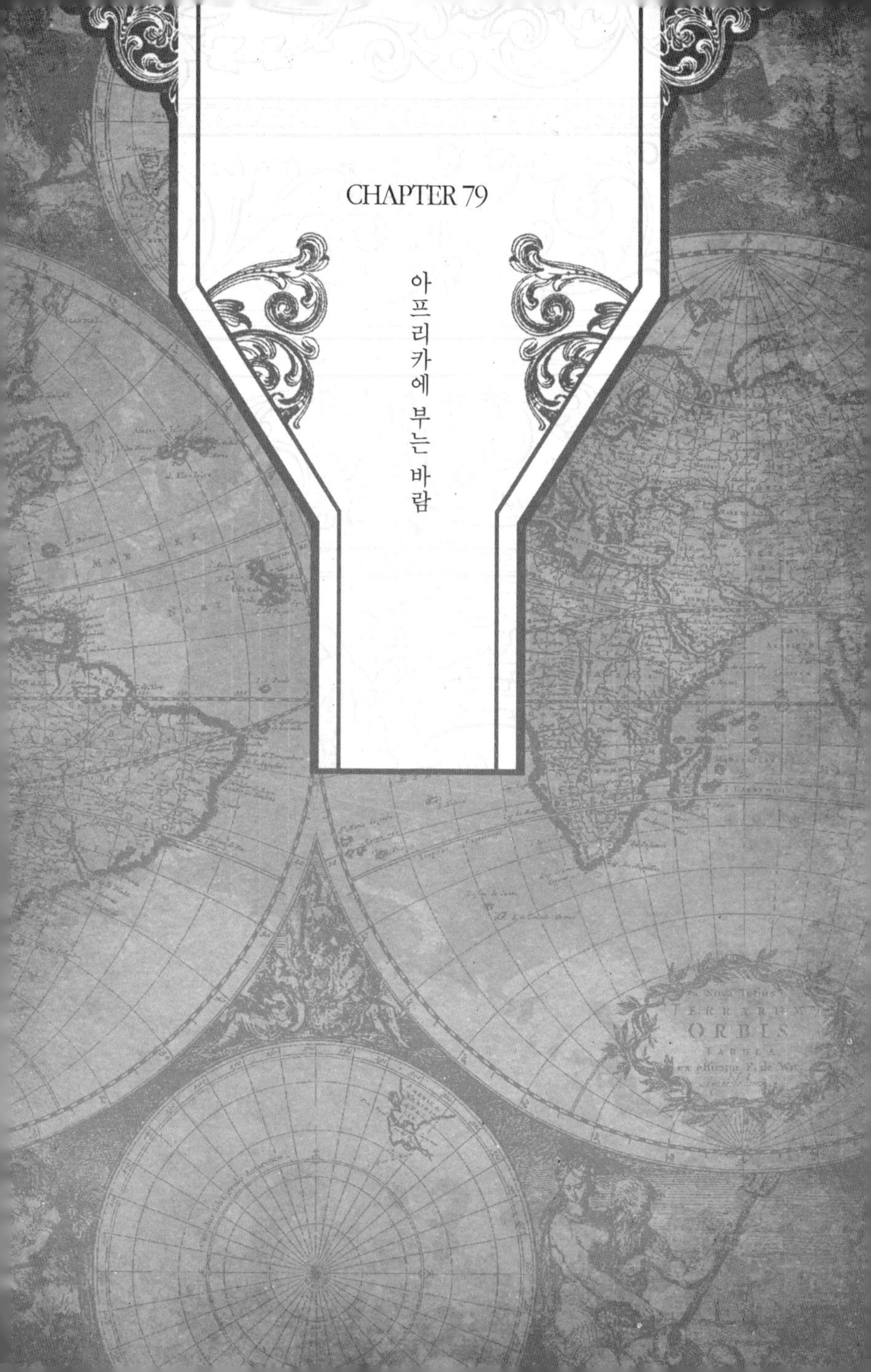

CHAPTER 79

아프리카에 부는 바람

Nova Totius
TERRARUM
ORBIS
TABULA,
ex officina F. de Wit.

　콩고는 유럽에 의한 식민지 착취와 후유증의 표본과도 같은 곳이다.

　콩고는 수백 년을 벨기에의 식민 통치를 받다가 1960년에 독립한 이후 단 한 해도 종족 간 정권 쟁탈전과 분리 독립운동에서 조용한 해가 없었다.

　그래도 기회는 있었다.

　1965년 군사 쿠데타로 모부투 세세 세코 정권은 동서냉전 시대를 이용해 서방진영으로부터 각종 지원을 받았다. 그러나 냉전이 종식되면서 모부투 정권에 대한 서방 진영의 지원은 축소되었고, 모부투 체제는 약화의 길로 접어들었다.

이런 상황에서 1994년 인접국인 르완다에서 후투(Hutu)족과 투치(Tutsi)족 간에 내전이 발생하였으며, 정권 탈환에 실패한 르완다 후투족이 주축인 구 르완다 정부군과 민병들은 콩고 민주공화국으로 탈출하였다.

모부투는 유입된 난민을 강제로 송환하는 한편, 약화된 체제를 강화하기 위해 르완다 후투족을 이용하여 동부지역에 거주하고 있던 투치족을 탄압했다.

이에 반발한 투치족 계열의 바냐물랑게족은 1996년 10월 반정부 조직인 '콩고 자이르 해방민주세력 연합(ADFL)'을 결성하고, 반 모부투 운동을 전개하게 되었다.

반군의 지도자였던 롤랑 카빌라는 르완다 투치족 정권의 지원을 받아 1997년 쿠데타에 성공한다. 정권을 잡은 롤랑 카빌라는 콩고의 국명을 콩고 민주공화국으로 바꾸고 강력한 중앙집권을 행사해 치안문제와 인플레이션 해결에 성공했다.

그러나 카빌라는 독재노선을 취하면서 98년 8월 콩고 남부지역 출신들을 군부 등의 핵심요직에 기용하고 자신의 정권 장악에 결정적 역할을 했던 르완다 출신 투치족들을 탄압했고, 콩고에 주둔 중이던 르완다와 우간다에 대해서 군대를 철수할 것을 요구했다.

카빌라의 조치에 배신감과 위협을 느낀 르완다계 투치군은 르완다, 우간다 등과 연대하여 다시 반군 콩고 민주화집회(RDC)를 조직하였으며, 이후 정부군과 반군과의 내전이 이어져왔다.

콩고 민주공화국 내전은 카빌라 진영에는 앙골라, 짐바브웨, 나미비아, 잠비아 등이, 그리고 반 카빌라 진영에는 르완다, 우간다, 부룬디가 가세하는 국제전 양상을 띠었다.

그러다가 2002년 7월 30일 콩고 민주공화국과 르완다가 내전을 종식시키는 평화협정에 정식 서명하고, 2002년 12월 정부와 반군, 민병대, 야당, 시민단체 등이 망라된 각 정파 대표들이 거국 정부를 구성하는 내용의 평화협정을 체결하였으나 아직도 소소한 갈등은 계속되고 있다.

한편, 롤랑 카빌라는 2001년 1월 피살당하고 2003년 이후의 현 대통령은 그의 아들인 조셉 카빌라이다.

조셉 카빌라는 오른쪽 주먹을 왼쪽 손바닥에 힘차게 내려쳤다.

'이제 됐어. 하늘이 날 버리지 않으신 거야.'

아버지 롤랑 카빌라 전 대통령은 자신을 대통령의 권좌에 올려준 르완다계 투치족을 몰아냈다. 덕분에 최근 조셉 카빌라 대통령은 궁지에 몰려 있었다.

투치족은 누가 뭐래도 콩고 인구의 다수를 차지하는 부족이었기 때문이다.

하지만 눈앞의 남자 덕분에 모든 문제가 해결되었다. 단, 남자의 말이 사실이라면 말이다.

"로버트 단장? 대령? 당신 말이 사실입니까?"

"로버트 단장이라고 불러주십시오. 그리고 사실입니다."

"단장의 제안을 수락하겠소. 그런 제안을 걷어차는 것은 르완다 멍청이나 하는 짓이지."

"현명한 선택이십니다. 감사합니다. 대통령 각하."

로버트 단장은 자신있게 대답했다.

그는 무혁의 명을 받들고 콩고에 왔다. 그리고 카빌라 대통령에게 일련의 제안을 한 참이었고 그 제안은 받아들여졌다.

"그럼 약속한 무기는 언제 오는 것이요."

"대통령 각하께서 이 문서에 서명하시는 즉시 출발할 것입니다."

카빌라 대통령은 로버트 단장에게 문서를 내밀었다.

"당신이 무엇을 원하는지는 중요하지 않소. 하지만 이 문서의 내용이 거짓이라면 그 대가를 치를 것이요."

"이런 종이 따위는 휴지조각에 지나지 않는다는 걸 잘 압니다. 이번 협상은 어디까지나 상호간의 신뢰에 바탕을 둔 것입니다."

카빌라 대통령은 고개를 끄덕였다.

이제 눈에 가시 같은 투치족과 투치족의 배후에 있는 르완다를 쓸어버릴 때가 온 것이다.

로버트 단장이 대표한다는 대한민국은 그도 익히 아는 나라다. 그들이 왜 이런 무기를 자신에게 보내는지 모르지만 큰 상관은 없었다. 그들의 나라는 지구 반대편에 있다. 지구를 돌아 콩고에 야심을 보일 만한 나라가 아닌 것이다.

대한민국에서 원하는 것은 더럽고 탐욕스러운 중국처럼 콩고의 자원이 아니었다.

그들은 그저 젊은 청년들을 고용하고 싶어 했다.

한 달 후 콩고의 최대 항구인 보마(boma)항에는 미래상선의 자동차 운반선 한 척이 입항했다.

화물선은 어두운 밤이 되자 콩고군의 철통같은 경비하에 화물을 하역하기 시작했다.

카빌라 대통령은 경호원에 둘러싸여 그 광경을 지켜보고 있었다. 그는 옆에 서 있는 로버트 단장의 어깨를 두드렸다.

"약속을 지켰으니 나도 약속을 지키리다."

"감사합니다, 대통령 각하."

한 달 동안 지루한 기다림의 시간을 보낸 로버트 단장은 안도의 한숨을 쉬었다.

크르르르릉~!

크르르릉~!

위장포로 가려져 있었지만 굉음을 내면서 스스로 움직이는 화물의 정체는 삐죽 튀어나와 있는 강철관 덕분에 쉽게 알아볼 수 있었다.

화물은 T—62전차. 구소련이 개발하여 전 세계적으로 2만 대 이상 생산된 전차였다.

카빌라 대통령은 로버트 단장이 내밀었던 문서를 꺼내 다시 한 번 읽었다. 충분한 설명을 들었고, 몇 번이나 검토한 내용이지만 읽을 때마다 기분 좋은 내용이었다.

"400대의 T—62전차와 200대의 BMP—1, 2 보병 전투차량, 기타 지원차량 600대와 SU—25 지상공격기 20대. 20만정의 AK시리즈 소총 그에 따른 소모품과 탄약, 군수고문단. 게다가 미래자동차와 삼송전자의 공장까지……. 완전히 종합 선물세트군."

카빌라 대통령이 중얼거렸다. 이 정도 무기라면 당장에라도 아프리카에서도 손꼽히는 군사력을 일굴 수 있다.

북한을 접수한 무혁은 북한의 실질적인 군사력을 살펴보고는 실망을 금하지 못했다. 결국 무혁은 북한의 모든 기계화전력을 폐기하기로 결정했다.

그런 와중에 선택된 나라가 콩고 민주공화국이었다. 콩고는 자원의 보고일 뿐만 아니라 아프리카의 요충이었고 무엇

보다 정세가 불안했다. 무혁이 먹어치우기에는 안성맞춤의
조건이다.

게다가 무혁이 필요로 하는 군인을 양성하기도 더할 나위
없이 좋았다.

＊　　　　＊　　　　＊

콩고의 수도 킨샤샤는 모든 숨 쉬는 생명체를 말려버리려
는 듯 무더웠다. 손가락 하나 움직이기 힘든 열기가 수도 전
체를 뒤덮고 있었다.

시민들은 더위에 지쳐 늘어진 고릴라마냥 그늘을 찾아들
었다.

하지만 축 늘어진 킨샤샤와는 달리 도시를 북쪽으로 살짝
벗어난 외각에 자리 잡은 눙가 마을 사람들은 무더위 속에서
도 활기가 넘쳐났다.

눙가 마을은 전형적인 빈민촌이다. 그런 곳에 사는 사람들
이 기운이 넘치는 이유는 얼마 전 마을 중앙에 붉은 진흙벽돌
로 새로 지어진 마을 회관덕분이다.

오늘도 아침부터 허름한 옷이나마 깨끗하게 빨아 입은 마
을 사람들은 마을회관 앞에서 누군가를 기다리고 있었다.

잠시 기다림의 시간이 지나자 새하얀 옷을 입은 남녀들이

타고 있는 버스가 마을 회관 앞에 멈춰 섰다.

그들이 마을 사람이 기다리는 사람들이었는지 마을 사람들의 표정이 밝아졌다.

"사제님들이 오늘도 오셨어."

"다행이야. 어머니의 무릎이 아직도 아프셨는데……."

"내 아들도 덤불에 긁힌 발이 팅팅 부어올랐어."

"그분들은 그 정도야 금방 고치지."

"정말 신이 내려주신 분들이야. 도시 병원에서는 힐링포션이 너무 비싸서 사용하지 못하는데……."

주민들을 기쁘게 하는 것은 마을회관에 차려진 클리페움 데이 교단의 진료소다.

교단에서는 증세가 약한 사람들은 마을회관에 차려진 임시진료소에서 치료를 하고 상태가 중한 사람들은 바다에 떠 있는 병원선으로 이송했다.

마을에 차려진 이런 순회 진료소가 1차 진료기관 역할을 하는 셈이다. 클리페움 데이에서는 콩고에서만 이런 진료소를 20여 개 가까이 운영하고 있었다.

"클리페움 데이 교단에 재정 지원을 하는 곳이 힐링포션을 만드는 회사라면서?"

"그리고 유명한 삼송전자와 미래자동차도 기부를 하고 있다고 하더군."

“정말 고마운 일이지. 사실 우리는 삼송전자의 제품을 살 능력이 안 되는 가난한 사람들 아닌가.”

“돈을 벌면 되지.”

“우리같이 배운 것 없는 사람들에게 그런 일자리가 있으려고.”

“난 사제님이 이번에 건설된다는 삼송전자 콩고 공장에 추천장을 써주셨어.”

“추천장?”

“그래, 이 추천장이면 특별한 결격 사유가 없는 한 뽑아준대.”

“나도 사제님에게 부탁을 해볼까?”

미래자동차와 삼송전자는 콩고 킨샤샤 동부의 항구 도시 바나나 인근에 대규모 공단을 조성하고 있었다.

그리고 콩고의 빈민층들을 클리페움 데이의 사제들을 통해 직원으로 고용했다.

“아서라. 부탁은 금물이야. 사제님들은 스스로 선택하신다고……. 몇몇이 부탁했다가 진료소에 출입을 금지당했다는 소식도 못 들었어? 게다가 넌 몸이 건장하잖아. 아마 그래서 안 될 거야.”

“그… 그래? 휴~ 할 수 없구나. 넌 좋겠다.”

하지만 이상한 일은 사제들에게 선택되는 사람들은 몸이

약하거나 여성들이 대부분이었다.

마을 사람들은 이상하게 생각하면서도 사제들의 자비로운 마음 때문이라고 여기고 있었다.

"루붐보 씨. 이제 당신은 완쾌되었습니다. 더 이상 진료소를 찾지 않아도 됩니다."

선한 웃음을 띤 사제가 루붐보에게 말했다.

"저……. 혹시~"

망설이던 루붐보는 친구의 말을 떠올렸다. 사제들이 선택하지 않으면 진료소 출입이 금지다. 하지만 이제 진료소에 출입할 일도 없으니 밑져야 본전이란 생각이 들었다.

그가 망설이자 사제가 되물었다.

"무슨 일이 있습니까? 루붐보 씨?"

루붐보는 얼른 무릎을 꿇었다. 그리고 사제에게 매달렸다.

"무엇이든 할 테니 저를 써주십시오. 사제님의 선택을 받지 못했다는 사실은 잘 알고 있습니다. 하지만 집에서 5명의 아이와 늙으신 노모가 하루하루 배를 곯고 있습니다. 제발 살려주십시오."

사제는 루붐보를 유심히 살폈다. 그러더니 씽긋 웃으며 목걸이 한 개와 얼마간의 돈을 내밀었다.

"이 목걸이를 차고 차임룬으로 가보게. 그러면 길이 열릴 것일세."

"……."

"날 못 믿는 것인가?"

"아… 아닙니다."

불안하긴 했지만 루붐보는 선택의 여지가 없었다. 그의 말은 거짓이 아니었다. 루붐보는 사제에게 받은 돈을 가족들에게 주었다. 그리고 겨우 여비만 가지고 차임룬으로 향했다.

차임룬은 콩고 강 중류에 있는 산림 지대다.

차임룬에 도착한 루붐보를 맞이해 준 이들은 클리페움 데이의 사제들과 아시아인들로 보이는 군인들이었다.

루붐보 말고도 인공위성의 감시에 잡히지 않는 열대삼림 속에서 훈련을 받는 콩고 젊은이들은 많았다.

그들은 낮에는 체력훈련과 전투훈련을, 그리고 밤에는 클리페움 데이의 교리를 세뇌 수준으로 지속적으로 주입받았다.

그중에서도 루붐보의 성적은 뛰어난 편이었다. 루붐보는 1만에 이르는 훈련병 중에 선택된 1,000명 안에 들었고, 다른 훈련병들과는 다른 장비를 지급받았다.

그가 지급받은 장비는 프로텍터와 페카드였다.

*　　　*　　　*

　북한의 태도 변화에 따른 국제사회의 반응도 대체로 호의
적이었다. 다만 만연된 총기범죄로 엉망진창인 일본과 티베
트인들에 의한 핵무기 탈취로 정신없는 중국만이 짧은 성명
으로 우려의 목소리를 냈을 뿐이다.

　─북한은 지금까지 수없이 많은 유화적인 제스처를 취해
왔지만 대부분의 약속들은 헌신짝처럼 버려져왔다. 우리 일
본은 일본인 납북자 문제를 선결하지 않는 이상 북한의 변화
를 또 한 번의 외교적 수사로밖에 받아들일 수 없다.

　─우리 중국은 항미원조(抗美援朝) 전쟁 이전부터 북한과
는 피를 나눈 혈맹이다. 북한이 지금까지의 은둔을 벗고 국제
사회의 책임있는 일원으로 나서겠다는 발표에 중국은 가슴에
서 우러나오는 깊은 박수를 보낸다. 하지만 이런 급격한 변화
가 중국과 북한간의 뿌리 깊은 우호관계에 변화를 줄 수 있다
는 사실을 우려하는 바이다.

　대한민국의 반응은 호평일색이었다.
　북한은 전향적인 태도를 보이고 있었고 그런 행동들은 얼
마 전 있었던 김정은과 길우영의 회담에서 최고조에 달했다.
　김정은은 통일이란 명제에 대해 언급하지는 않았지만 북

한이 보통국가로 나아갈 것을 천명했다. 그리고 그에 따른 후속조치를 빠른 속도로 진행시켰다.

말뿐만이 아닌 실질적인 군축이 실시되었다. 북한은 대한민국의 군축을 기다리지 않고 일방적으로 자신들이 가진 무기들을 남한으로 내려보냈다. 남한에서 녹여서 고철로 쓰고 그 돈을 달라는 이야기다.

한국 정부는 미래 제철을 통해 수백 대의 탱크와 보병 전투차들을 녹여서 고철로 만들었다. 그리고 그 광경은 언론을 통해 실시간으로 방송되었다.

그런 광경을 보자 대한민국 국민들 특유의 착한 한국인 병이 도졌다.

사람들은 가지고 있던 헌옷들과 책들 그리고 중고 가전제품과 기타 물품들을 모으기 시작했다. 그리고 그렇게 모아진 물품들은 북한으로 향했다.

모아진 성금들은 모두 식량을 구입하는 데 쓰였다. 그렇게 모아진 식량이 대한민국 시민단체의 감시 하에 배급되던 날 북한 주민들은 태어나서 처음으로 쌀밥에 고깃국을 먹을 수 있었다.

경제 부분도 괄목할 만한 성장을 보였다.

우선 그동안 지지부진하던 개성공단 2단지가 활성화되었다. 우수한 북한의 노동력과 말이 통하는 이점 덕분에 중국과 동남아에 공장을 건립했던 중소기업들이 개성공단으로 밀려들었다.

중소기업뿐만이 아니었다. 삼송과 미래그룹을 필두로 대기업들도 개성공단에 공장을 짓기 시작했다.

대한민국과 북한이 모두 윈윈할 수 있는 경제의 선순환이 이루어진 것이다.

개성공단에 지어진 공장들 중에는 삼송와 미래 그룹의 이름을 빌린 마법 무기 공장도 있었다.

무혁은 공장에서 쏟아져 나오는 마법 무기들로 북한군의 특수부대를 중심으로 무장시켰다.

이런 일련의 흐름들은 외부세계에 전혀 새어나가지 않았다.

전 세계의 정보를 좌지우지하는 미국 NSA조차도 당혹스러워하는 북한특유의 폐쇄성이 무혁에게 주는 이점이었다.

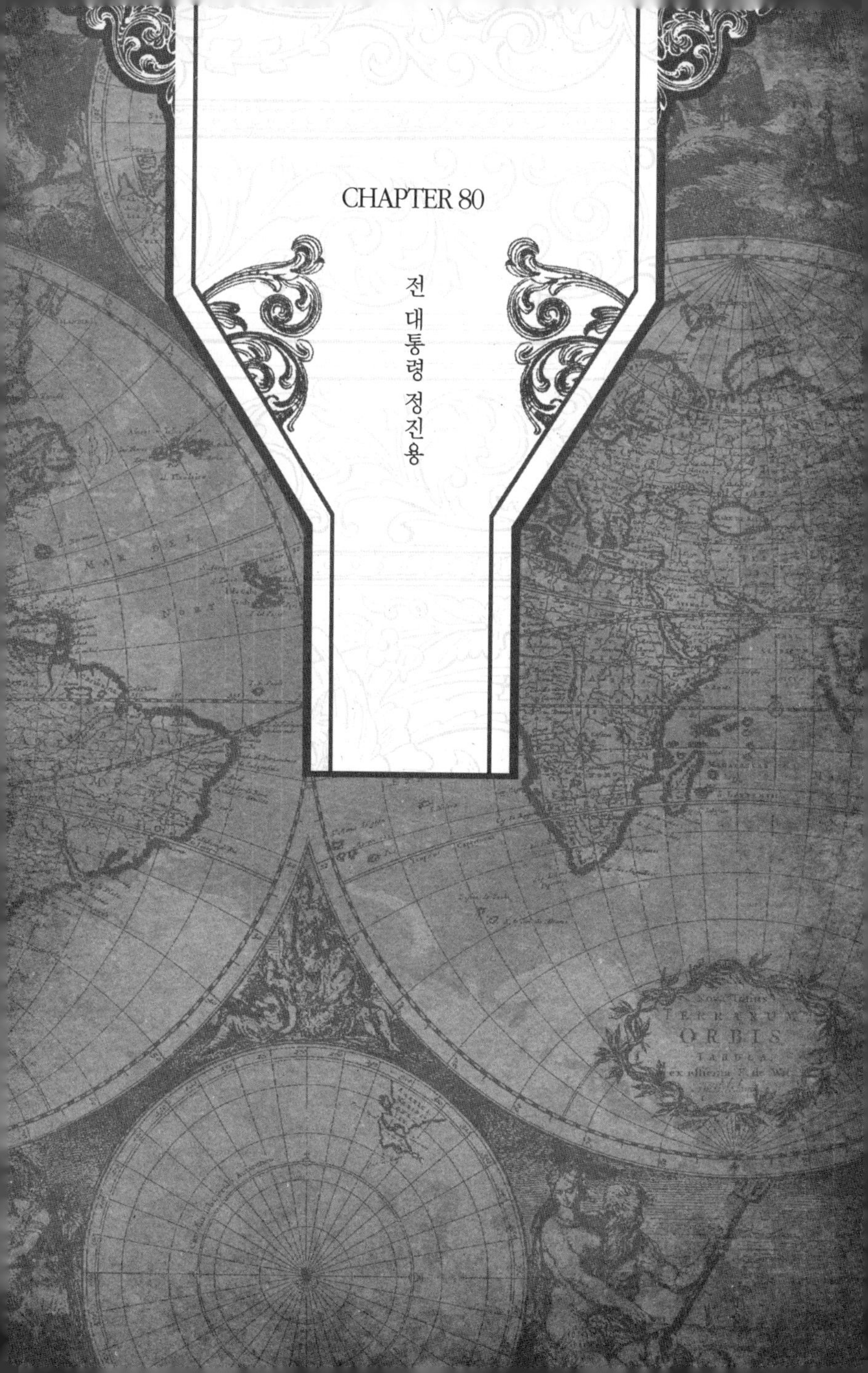CHAPTER 80
전 대통령 정진용

　대한민국 전체가 미래에 대한 희망으로 부풀어 있을 때 그런 희망의 대열에 동참하지 못한 사람이 한 명 있었다.

　대한민국 현대사의 오점 중 가장 기가 막힌 기록은 단 한 명의 대통령도 퇴임 후 평온한 생활을 하지 못했다는 점이다.

　그들은 개인의 비리나 정권을 잡는 과정에서의 불법, 그리고 가족의 비리로 고통받았다.

　정진용도 그런 전철을 벗어나지 못했다. 주변 인물로부터 시작된 조사는 그에게 투표한 유권자들로 하여금 손가락을 잘라버리고 싶은 충동이 생길 만큼 충격적이었다.

말 그대로 전방위적인 비리의 총집합체.

돈이 있는 곳이라면 어떤 곳이라도 그들의 손길은 닿아 있었다.

그중에서도 국민들을 경악시킨 것은 외국과 조인한 각종 조약들이었다. 특히 아랍에미레이트와 체결한 원자력 발전소 건설 계약은 부패한 정치인이 어떤 일을 저지를 수 있는지에 대한 모범 답안과도 같았다.

우선 대한민국 정부의 보증으로 아랍에미레이트에 국제 시세보다 월등히 싼 가격으로 원자력 발전소를 건설한다. 그리고 그 원자력 발전소를 30년간 운영해서 이익을 대한민국으로 가져온다.

겉으로는 전형적인 민자 유치 SOC 건설 사업이다. 하지만 속내를 들여다보니 그 과정에서 정진용과 그 일당은 아랍에미레이트와 조 단위의 리베이트를 주고받는다. 물론 모두 대한민국 국민이 납부한 세금이다.

아랍에미레이트도 전혀 손해 볼 것이 없는 계약이다. 단 한 푼도 들이지 않고 원자력 발전소가 생겼기 때문이다.

반대의 경우도 있었다.

이번에는 대한민국에 건설되는 각종 민자 건설 사업들이 문제다. 정진용 대통령이 집권하는 동안 대한민국의 수요 민자 건설 사업을 모두 싹쓸이한 미국의 투자 그룹 '투스타' 의 주요 대주주들이 정진용과 그 일당으로 밝혀졌다.

'먼저 쳤어야 해. 기회를 놓친 대가치고는 너무 커.'

정진용 전 대통령은 자택을 압수 수색을 하고 있는 검찰을 물끄러미 바라보고 있었다.

그리고 검찰이 떠나가자 한 통의 전화를 걸었다.

무혁은 정진용에게 아직도 지지자가 있다는 사실을 도저히 이해할 수 없었다. 정진용의 지지자들은 인터넷과 현실을 가리지 않고 이 모든 일이 오해이며 실수고 현 정부의 정치보복이라고 주장했다.

그중에서도 그들이 가장 집요하게 공격을 하는 점은 길우영이 전남 해남의 국회의원 출신이라는 점이었다.

온갖 입에 담지 못할 더러운 글들이 인터넷 세상에 난무했다.

반론도 더럽고 추잡하기는 마찬가지였다.

망국적인 지역감정이 다시 고개를 든 것이다.

"그나마 없는 정도 모두 떨어졌어."

"정권을 위해 같은 국민들을 죽인 자들의 후손이에요. 그리고 그들에게 수십 년간 세뇌당한 결과죠."

무혁의 말에 민유린도 씁쓸해했다.

"지금까지 누렸잖아. 수십 년간, 아니 어쩌면 조선 시대부터 꾸준하게 누렸잖아. 그런데도 욕심이 있단 말이야?"

"아니죠. 일반 대중들은 그런 생각조차 없어요. 그저 타성이죠. 우리 지역 정당이 집권하면 내가 성공한 걸로 여기는 촌락 시절의 습성이기도 하구요."

"우리가 남이가 군."

"인정하기 싫지만 사실이에요."

무혁은 길우영에게 전화를 걸었다. 정권을 잡고 힘을 가졌다는 것이 이렇게 좋을지 몰랐다.

"길 대통령. 국회를 통해서 지역감정을 부추기는 주장과 행동을 하는 사람 모두를 실형에 처하는 법을 만드세요."

"저도 지역감정을 좋아하지는 않지만 반발이 심할 겁니다."

"지역감정은 학력차별이 아니에요. 인종 차별과 다를 바가 없어요. 북한과 교류가 활발해지면 저런 쓰레기들이 다시 남북 갈등을 조장할 거예요. 지역과 혈통으로 사람의 성격과 행동이 규정된다면 나치가 주장했던 아리아인의 우월성과 유태인의 학살도 정당화됩니다. 그러니 그들은 사회 암적인 존재에요. 그리고 제가 장담하는데 몇 명만 시범적으로 처벌하면 지역감정을 발설하는 놈들은 바로 사라집니다."

무혁은 확고하게 말했다.

이런 점이 권력이 좋은 점이다.

지금까지의 대통령들은 자신의 권력을 헛된 곳에 사용하고 있었다. 무혁은 그런 전임자들의 전철을 밟을 생각이 전혀 없었다.

그가 조종하는 길우영은 80퍼센트가 넘는 지지율을 보이고 있었고, 역시 80퍼센트 이상의 국회의원들의 목덜미에 비수를 대고 있는 중이었다.

"알았습니다, 주인님."

일전의 회합으로 길우영은 자신의 주인이 누구인지 깨달았다. 그래서인지 그가 무혁을 부르는 호칭은 정중했다.

무혁이 수화기를 내려놓자 이세영이 들어왔다. 국정원장과 나데스의 장을 함께 역임하고 있는 이세영은 명실상부한 대한민국 정보의 일인자였다.

이세영의 표정은 밝았다. 지금까지 미끼를 던지고 기다리던 대어가 걸려서이다.

"걸렸어요. 정진용이 움직이기 시작했어요."

"그렇게 등을 떠밀어도 움직이지 않더니 결국 못 버티고 행동을 했군. 그래 일본인가 미국인가?"

"예상대로 일본이에요. 아무래도 자신의 고향이니……."

정진용을 샅샅이 훑는 과정에서 석연치 않은 점이 등장했다. 바로 그의 출신 내력이다.

정진용은 일본 오사카의 한 목장에서 일꾼으로 일하던 부모 밑에서 태어난 걸로 알려져 있다.

하지만 정확한 조사에 의하면 그의 부모는 당시 조선에서 큰돈을 벌어 일본으로 건너갔고 그곳에 땅을 사 목장을 경영했다.

일꾼이 아니라 주인이었다는 이야기다.

일제 강점기에 일본에서 조선인이 목장을 경영했을 정도로 부유했다는 이야기는 의미하는 바가 크다.

어쨌든 일본이 패망하기 직전 목장을 처분하고 조선으로 돌아온 부부는 철저하게 일본에서의 부유한 생활을 숨기고 징용으로 끌려가 죽을 고생을 한 것처럼 주변에 이야기했다.

"국민들이 좋아하겠군."

"당연히 좋아하겠죠. 일본은 한국인에게 그런 존재이니까요."

"그럼 가겠다는 사람 고이 보내주자고. 그리고 벌을 내리면 되겠지."

교토의 가쓰라이궁(桂離宮:계리궁)에 유폐되어 있던 도모히토(寬仁) 친황(親皇)의 얼굴은 마치 80대 노인의 그것처럼 늙어 있었다.

그는 자신이 왜 유폐되었는지 도무지 현재의 상황을 이해하기 힘들었다. 말 그대로 미치고 팔짝 뛸 지경이었다.

도대체 언제 천황위를 노렸다는 것이며, 오키나와의 독립을 약속하고 불순분자들을 끌어들였다는 것인지 알 수가 없었다.

하지만 내미는 증거들은 스스로도 자신이 반역을 꾀한 것이 아닌가? 자문할 정도로 확실했다.

비록 형체가 없는 조선왕이지만 황실법상으로 엄연한 일국의 왕이었고, 때때로 실권을 휘두를 수 있었던 도모히토 친황은 어떻게든 이 상황을 타개하고 싶었다.

그리고 바다 건너 조선에서 걸려온 전화 한 통이 그에게 기회를 안겨주었다.

도모히토 친황은 인편으로 아키히토 천황을 만나기를 청했다.

거듭된 청에 어쩔 수 없이 도모히토 친황의 알현을 허락한 아키히토 천황의 표정은 좋지 않았다.

도모히토 친황은 무릎걸음으로 아키히토 천황이 앉아 있는 곳으로 다가오더니 머리를 숙이고 크게 외쳤다.

"천황 폐하 만세!"

"어쭙잖은 인사는 그만두고 용건을 말해라."

아키히토 천황은 도모히토 친황의 인사를 외면하고는 차가운 어조로 말했다.

황거가 불타던 날의 기억을 돌이켜 보면 과연 도모히토 친황이 반역을 하려 했는지에 대한 의문은 남아 있다. 도모히토 친황이 진실로 반역을 하려 했다면 자신을 포함한 황족 전부를 천수각 꼭대기에 던져놓는 이해 안 되는 일 따위는 하지 않았을 것이다.

하지만 이제 와서 그런 일들이 무슨 소용이란 말인가. 아키히토 천황은 황거를 홀랑 태워먹은 천황으로 역사에 남는다는 사실이 너무도 치욕스러웠다.

도모히토 친황은 아키히토 천황의 반응을 이미 예상했다는 표정이다. 그는 당당하게 말했다. 그가 가지고 있는 카드라면 충분히 감옥이나 다름없는 가쓰라이궁에서 벗어날 수 있다.

지금은 그것으로 충분했다.

"죄를 빌지는 않겠습니다. 전 반역을 저지르지 않았습니다."

"듣기 싫다. 그런 얼토당토 않는 말을 하려고 만나자고 했다면 썩 물러가거라."

"이 나이에 제가 무슨 영화를 보려고 그런 일을 저질렀겠습니까. 다만 대일본제국의 미래를 위해 한 가지 소식을 전하려 알현을 청했을 뿐입니다."

"반역을 저지른 자가 무슨 낯짝으로 일본의 미래를 논한단 말인가. 가소롭도다."

“독도가 일본의 영토임을 확정할 수 있다면 어찌시겠습니까? 그리고 더 나아가서 일본이 조선의 실질적인 주인임을 천명할 수 있다면 말입니다.”

“흥……. 말이 되는 소리를……. 그리고 친황도 진실을 잘 알고 있지 않는가.”

아키히토 천황이 실소를 지었다.

어쩌면 일본 내에서 독도가 조선의 영토임을 가장 잘 아는 인간이 바로 자신이다. 그리고 또 한 명이 있다면 조선왕을 자처하는 도모히토 친황이다.

욕심껏 주장을 한다고 해서 내 것이 될 수 없다는 사실을 모를 만큼 아키히토 천황은 어리석지 않았다.

도모히토 친황은 아키히토 천황의 반응이 재미있다는 듯 미소를 지었다. 그리고 충격적인 사실을 털어놓았다.

“조선의 전 대통령 정진용이 일본으로 망명할 것입니다. 그리고 천황 폐하 앞에 무릎 꿇고 폐하의 신민임을 맹세할 것입니다.”

“…….”

믿을 수 없는 이야기다. 하지만 도모히토 친황의 표정에는 당당함만이 있었다.

사실이라는 확신이 든 아키히토 천황의 머리가 빠르게 굴러갔다.

우선 전(前)이라는 수식어가 붙기는 하지만 조선의 대통령이 자신의 앞에서 무릎을 꿇고 머리를 조아리는 모습이 떠올랐다.

황거 화재 사건으로 천황가의 권위가 한없이 추락한 것이 작금의 현실이다.

이런 이벤트라면 자신의 권위는 그가 존경해 마지않는 메이지 천황의 그것을 훌쩍 뛰어넘을 것이다.

더불어 독도라면…….

길게 생각할 것도 없다.

아키히토 천황은 메이지 천황보다 중요하게 역사책에 기록되는 자신의 이름이 생생했다.

아카사카 이궁으로 불려와 아키히토 천황의 이야기를 들은 나카소네 총리의 반응은 아무래도 기뻐할 수만은 없었다.

그가 아무리 천황제 지상주의자에 군국주의자라고 해도 대한민국 전 대통령의 망명을 받아들이는 것은 매우 민감한 일이다. 게다가 망명한 대통령이 천황에게 충성을 맹세한다니…….

민감한 정도를 지나 전쟁이 터져도 이상하지 않을 일이다.

하지만 그는 결국 천황의 제안을 받아들였다.

"내 코가 석자야."

"안됩니다. 일본이 전 세계의 국가들에게 손가락질 받을
겁니다."

외무대신 마에하라 세이치가 반대를 하고 나섰다.

"일본보다는 조선이 바보가 되겠지."

"후지모리의 경우를 생각해보십시오. 그를 받아주는 바람
에 일본이 수십 년간 쌓아온 착한 국가의 이미지를 단숨에 말
아먹었습니다. 남미에서 일본 기업이 대한민국의 기업들에
게 밀리게 된 이유도 전적으로 그 사건이 시발점이 되었습니
다."

외무대신의 어조는 강경했다.

페루의 전 대통령 후지모리는 일본계 이민 2세로서 페루의
대통령을 3번이나 연임한 입지전적인 인물이다.

하지만 군부의 친위 쿠데타를 이용한 의회의 강제해산 등
의 무리한 3선 개헌과 국가 정보부장이던 몬테시노(Vladimiro
Montesinos)가 야당 의원을 돈으로 매수하는 장면이 담긴 비
디오테이프가 공개되면서 실각, 일본으로 도주하였다.

결국 그가 집권하는 기간에 일어났던 각종 비리와 약점들
이 속속 드러나기 시작해 사법 언론 장악, 의회 강제해산,
1995년 재선 과정에서의 야당 후보 도청, 3선 연임을 위한 변
칙적인 법률 승인, 2000년 2월에 행해진 유권자 수천 명의 명
부 조작, 국고 유용, 헌법상 투표권이 없는 군인과 경찰의 신

분증 위조 발급 등 부정 비리가 속속 드러났다.

그리고는 2000년부터 5년 동안 일본에서 도피 생활을 하다가 대통령 사직서를 팩스로 보내는 추태를 보인다.

결국 2005년 페루로 들어가기 위하여 칠레로 우회 입국을 시도하던 후지모리는 칠레경찰에게 체포되고 만다. 이후 2007년 9월 페루로 송환된 뒤 4차례 재판을 받으며 차례로 형량이 늘어났으며, 2010년 1월 3일 페루 대법원에 의해 25년 징역형이 확정되었다.

후지모리 대통령이 일본에 도피해 있던 5년 동안 일본이 입은 외교적인 손실은 마에하라 외무대신의 말처럼 대단했다.

메이지 시절 시작된 대규모 농업 이민을 통해 브라질을 비롯한 남미에 쌓아두었던 확고한 기반이 송두리째 날아간 것이다.

하지만 나카소네 총리는 강경했다.

현 상황대로라면 나카소네 총리의 정치 인생은 끝장난 것이나 다름없었다. 전후 가장 강력한 실권을 휘두르는 총리라는 평가는 온데간데없고 지금은 기존의 총리들처럼 허수아비 신세였다.

모두가 폭발적으로 일어난 총기사건들 때문이었다.

무혁이 풀어버린 총기들은 당초의 예상보다 훨씬 더 큰 효과를 발휘했다.

총기를 입수한 일본인들은 지금껏 애니메이션과 만화로만 만족하던 그들의 폭력성을 마음껏 드러냈다.

소요사태가 커지자 자위대가 전면에 나서 총기를 수거하고 있었지만 그것은 사후약방문 격인 임시적인 미봉책에 지나지 않았다.

결국 나카소네 총리는 정진용의 망명을 받아들였다.

대한민국의 전 대통령이 천황에게 무릎을 꿇고 충성을 맹세하는 장면이 전 세계로 중계되었다.

일국의 대통령을 지냈던 사람이 주변국의 왕에게 항복을 청하고 머리를 조아린다.

중세 시대에는 그럴 수도 있다.

하지만 현대 사회에서는 다시는 볼 수 없으리라 믿어졌던 장면이다.

그 장면을 목격한 대한민국은 발칵 뒤집어졌다. 반응은 격렬했다.

가장 먼저 가족이 모두 떠난 정진용의 집이 불에 탔다. 정진용의 소유였다가 그가 세운 장학재단의 자금이 되었던 건물에 똥물이 끼얹어졌다.

기자들은 장학재단이 이미 건물을 팔아치웠고 그 돈이 고

스란히 달러로 환전되어 조세 회피지역으로 송금되었다는 사
실을 발견했다.

　분노는 더욱 거세졌다.

　그리고 급기야 일부 강경파들에 의해 정진용의 부모 묘소
가 파헤쳐졌다.

　그러자 기다렸다는 듯이 일본 외무성은 성명서를 발표했
다.

　**—일본은 정치적인 박해를 피해 망명한 사람의 묘소를 파
헤치는 야만적인 행동을 서슴지 않는 대한민국 국민들에게
크게 실망하는 바이다.**

　일본인들은 외무성의 발표에 전폭적인 지지를 표방하며
한국과 한국인을 비난하고 나섰다.

　그러자 예기치 않은 현상이 벌어졌다.

　일부 사람들이 일본의 말에 동조를 하고 나선 것이다.

　**—정진용은 일개 개인의 판단으로 일본에 망명했고, 천황
에 충성을 맹세했다. 도대체 뭐가 문제냐.**

　**—그는 대통령에서 정상적으로 물러났다. 공인이 아니란
이야기다.**

―길우영의 정치 탄압이 얼마나 심했으면 그런 극단적인 선택을 했겠느냐.

―쥐도 도망칠 구멍을 남겨두고 몰아야 하는 것이다. 일국의 대통령까지 지낸 양반에게 너무했다.

―이 모든 일이 모두 좌빨 빨갱이들 때문이다.

―부모 묘를 파헤치다니…… . 인간으로서 할 행동인가.

―일본에 오래 살아봐서 아는데…… .

―하여튼 엽전들은 어쩔 수 없어. 몽둥이가 약이지.

반박이 없을 리 없다. 인터넷은 갑론을박으로 하루도 조용할 날이 없었다. 그렇게 대한민국의 국론은 양분되었다.

정진용은 그를 성토하는 한국인들을 비웃기라도 하는 듯 일본의 방송에 출연하기 시작했다.

―일본의 식민지 지배는 다행스러운 일이며 대한민국은 일본에 오히려 감사해야한다.

―일본이 독도 즉 다케시마의 영유권을 주장할 법적, 사료적 근거가 있다. 전직 대한민국의 대통령으로서 견해를 말하자면 다케시마는 당연히 역사적으로나 국제법상 일본의 영토가 분명하다.

―안중근이나 김구 같은 테러리스트들을 영웅시하고 우상

화하는 한국인을 통수권자였던 자신은 이해하기 힘들었다. 김구의 예를 들자면 악랄한 테러조직인 한인애국단을 결성하고 민간인의 희생도 불사하는 잔인한 테러를 저지른 사람이다. 그의 용기는 가상하지만 일본이란 나라, 더 나아가서는 세계평화에 해충과도 같은 인물이다. 그 증거로 나는 재임시에 단 한 번도 일본에 사과나 배상을 요구한 적이 없다.

　ㅡ정신대 할머니 주장만 해도 그렇다. 그들은 돈을 벌기 위해 자발적으로 몸을 팔았던 창녀나 다름없다.

　ㅡ유관순? 여자 깡패!

　ㅡ결과적으로 일본의 도움으로 한국이 근대화되었으며 이에 감사해야 한다.

　ㅡ현 대통령 길우영은 북한과의 관계를 긴밀하게 유지하고 있다. 친북파가 친일파보다 왜 더 나쁜지 아는가? 일제 시대에 조선인의 선택은 항일 독립운동하여 죽거나 감옥에 갈 것인가, 아니면 순응하여 살면서 실력을 길러 독립 준비를 할 것인가의 양자택일이었다.

　국가가 없었을 때의 친일은 기본적으로 생존의 수단인 것이다.

　친일파 인사들은 대한민국이 건국된 이후에는 거의 모두가 조국에 충성을 바쳤다. 극소수의 친일파들만 김일성 편으로 들어가서 국가 반역을 계속했다. 친북파들은 대한민국이 건국된 이후에도, 즉 조국이 있음에도 민족반역자, 학살자 편을 들고 있다.

거듭되는 망언과 폭언에 한국인들은 더 이상 정진용을 욕하는 일도 질려버렸다. 그저 정진용을 찍어 대통령에 당선시킨 손가락을 자르고 싶은 충동뿐이었다.

한일 관계는 더 이상 냉각될 수 없을 만큼 얼어붙었다.

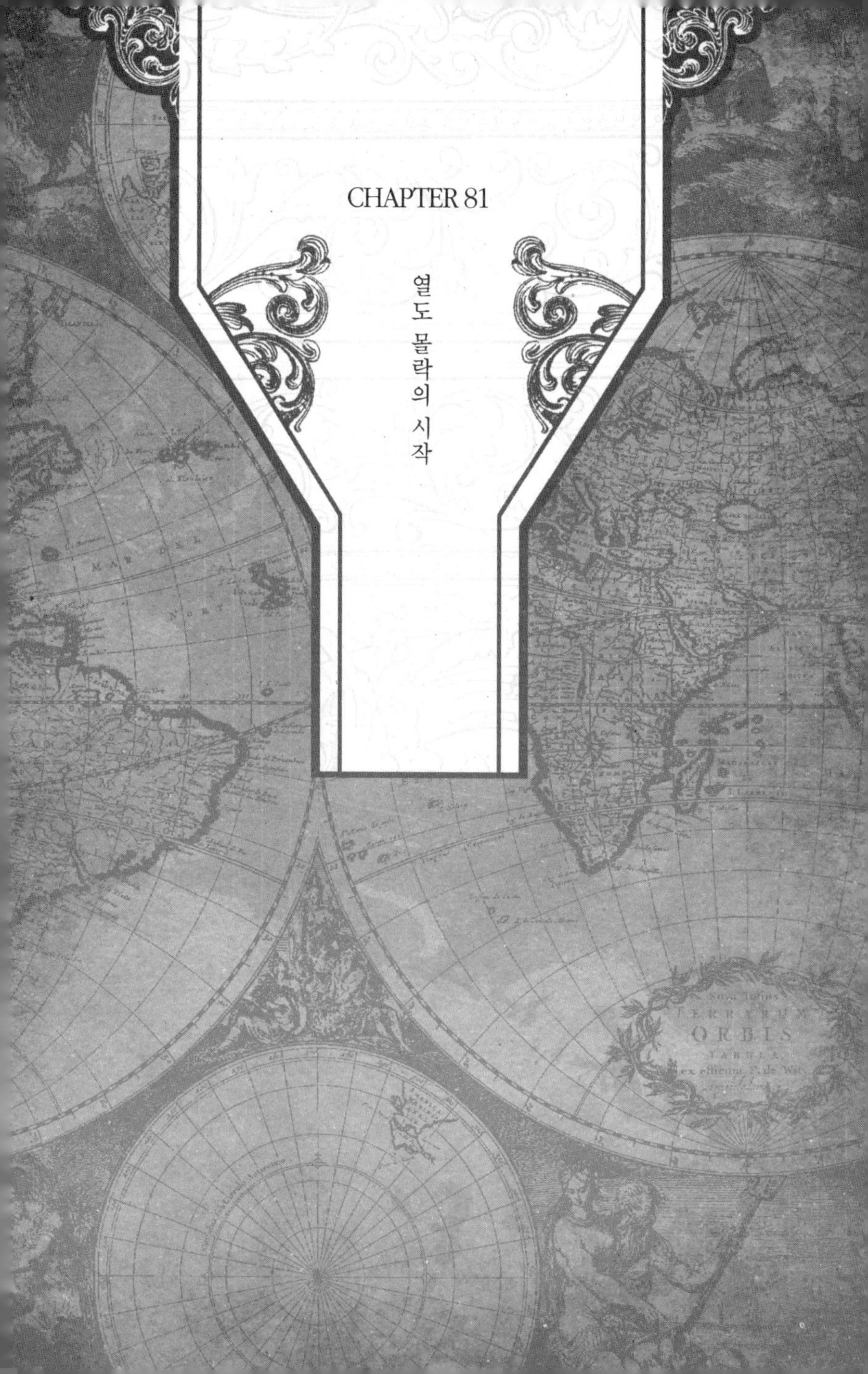

CHAPTER 81

열 도 몰 락 의 시 작

Nova Totius
TERRARUM
ORBIS
TABULA
ex officina F. de Wit

　무혁은 때가 무르익었음을 알 수 있었다.

　그는 우선 일본에서 쓸어온 유물들을 모조리 문화재청에 기증했다. 그동안 열심히 연구하고 분석한 연구 자료들도 함께였다.

　반향은 컸다.

　그도 그럴 것이 무혁이 기증한 유물들이 없어진 덕분에 잊히고 감추어지고 말살된 역사가 얼마던가. 덕분에 한민족은 스스로를 좁디좁은 한반도에 가두고 자괴감에 빠져 살지 않았던가.

　문화재청은 위대한 한민족의 유산을 밤낮으로 정리했다. 그들 사이에는 무혁이 고용했던 박규리를 비롯한 학자들의 모습도 보였다.

　그리고 정리한 유물을 바탕으로 대일 성명서를 발표했다. 그리고 성명성에 대한 증거 자료를 인터넷 홈페이지에 올렸다.

　―1592년 4월 임진왜란 초기 왜장 가토 기요마사 휘하의 선봉장이었던 사야가는 부하들을 이끌고 조선에 투항했다. 그는 조선의 선진문화(先進文化)와 효(孝), 그리고 예(禮)에 깊숙이 감동했다고 밝혔다. 그는 임진왜란, 정유왜란을 거치며 왜군과 맞서 싸우기를 주저하지 않았다.

　전쟁이 끝나자 선조는 사야가에게 김충선이라는 이름과 벼슬을 하사한다.

　김충선의 후손들은 1798년에 그가 남긴 글들을 모아 모하당문집(慕夏堂文集)을 발간했다.

　김충선의 존재를 조선을 집어삼키려 하던 일제가 좋아했을 리 만무하다. 1904년 시데하라 히로시를 위시한 일단의 일본 역사학자들은 김충선의 이야기가 모두 날조된 것이며 모하당문집(慕夏堂文集) 자체가 위작(僞作)이라고 주장했다. 하지만 그들의 노력은 같은 일본인의 손에 허사로 돌아갔다.

1933년 조선총독부가 발간한 조선사(朝鮮史) 편찬에 참여했던 나카무라 에이코는 승정원일기(承政院日記)와 조선왕조실록(朝鮮王朝實錄) 등의 방대한 자료를 조사한 결과 김충선의 이야기를 사실로 인정했다.

김충선의 이야기는 엇나간 애국심이 역사의 진실을 얼마나 왜곡할 수 있는지 보여주는 극명한 예다.

일전 한 단체가 기증한 방대한 사료들을 기반으로 우리 문화재청은 일본의 역사 왜곡을 낱낱이 파헤쳐 그들이 한민족의 정기를 얼마나 훼손하고 왜곡시켜왔는지 밝히는 바이다.

발표를 본 수십만의 사람들이 문화재청이 새로 개설한 '역사의 진실' 홈페이지에 몰려들었다. 허접한 정부 사이트지만 다행히 성명서 발표 전 이루어진 레이버의 전폭 협조 덕분에 사이트는 밀려드는 엄청난 양의 트래픽을 훌륭하게 견뎌냈다.

문화재청이 개설한 역사의 진실 사이트의 내용은 놀라웠다.

먼저 일본에서 BC200년 전 시작된 야요이 문화에 대한 내용이 눈에 들어왔다.

일본의 문명은 물을 대서 농사를 지은 야요이 문화에서 시작된 것으로 보는 것이 정설이다. 물론 그전에 조몬문화(繩文

文化)로 불리는 신석기 문화가 있었지만 조몬문화는 어디까지나 수렵을 기본으로 식량을 채집을 하는 문화이기 때문이다.

느닷없이 튀어나온 야요이 문화를 일본인들은 자신들의 독자적인 문화 발달단계로 설명한다.

하지만 역사와 진실 사이트에서는 일본 큐수에서 발굴된 청동검과 한반도의 경남 고령에서 발굴된 청동검이 완벽하게 똑같고 같은 명문이 쓰여 있음을 보여준다.

두말할 필요없이 야요이 문화를 연 사람들이 한반도에서 건너간 사람들이라는 부정할 수 없는 확고한 증거다.

그뿐이 아니었다.

사이트는 임나일본부설이 얼마나 허구인지 새로 발견된 백제서기(百濟書記)와 고구려의 역사서인 유기(留記), 그리고 고구려의 역사서 유기를 태학박사 이문진이 5권으로 요약하여 정리한 신집(新集)을 통해서 낱낱이 밝혀버렸다.

또한 광개토대왕비가 어떤 식으로 훼손되고 조작되었는지를 증명하는 일본 정부의 공식 문서에 있어서는 할 말을 잊을 지경이었다.

천인공노할 조작이었지만 사람들의 이목을 가장 끈 자료는 역시 두 장의 외교문서였다.

조선의 세종시대에 작정된 첫 번째 문서의 발신인은 당시 조선의 예조(禮曹) 판서로 대마도 해적들의 횡포를 일왕에게 질책하는 내용이었다.

그럴 수도 있는 문제다.

해적의 노략질이 너무 심해서 세종대왕은 이종무로 하여금 대마도를 정벌하게 했으니 말이다.

하지만 문제는 두 번째 문서였다.

일왕이란 인장이 뚜렷한 이 문서에는 대마도는 조선의 영토이며 그 사실을 일왕뿐만이 아니라 당시 일본의 최고 의사 결정기관이었던 태정관에서 보증하고 날인되어 있었다.

놀라운 사실이다.

그렇지만 네티즌들을 더욱 놀랍게 한 것은 단순히 대마도가 조선의 영토라는 사실이 아니었다.

그 문서에는 조선 총독부 인장과 일본 궁내청 서능부의 인장이 찍혀 있었다.

일제가 조선을 침탈한 후 대마도에 대한 영유권을 주장하기 위해 조선에서 보관 중이던 외교문서를 훔치고 감추었다는 의미다.

여론은 끓어올랐다.

―대마도 우리 것이었네. 황당! 황당!

―장난 아냐. 때~ 박! 쪽발이들 완전 도둑에 사기꾼들.

—돌려받아야지. 암.

—그런데 우리나라 해군력이 형편없잖아. 대한해협을 건너지도 못할 걸?

—아～! 띠를, 지금까지 뭐한 거야.

—정진용이가. 대양해군 예산을 몽땅 삭감했잖아.

—그 개새끼. 완전 매국노였어.

—아～! 천불나.

길우영 대통령은 권력 남용과 사기, 횡령, 비자금 조성, 부패 혐의의 이유를 들어 정진용을 소환해줄 것을 일본에 요청했다.

하지만 일본은 길우영 대통령의 요청을 단칼에 거절했다.

일본은 정진용이 길우영의 정치 보복을 피해 탈출한 정치범이라는 논리를 꺼내들었다.

여론은 전쟁 불사를 외쳤지만 실질적으로 대한민국에서 할 수 있는 일은 없었다.

오히려 일본은 제주도 남방 공해상에서 한국으로 향하는 화물선과 유조선들을 반강제로 정선시켜 검문하고 말도 안 되는 환경이나 금수 품목임을 들어 일본으로 끌고 가기 시작했다.

거의 모든 식량과 유류를 수입에 의존하는 대한민국의 경제에 금이 간 것은 당연한 결과다. 생필품 가격이 천정부지로 뛰어 오르기 시작했다.

북한에서 대한민국의 영토인 연평도에 폭탄을 쏟아부어도 일어나지 않았던 사재기가 다시 등장했다.

발등에 불이 떨어진 길우영은 무혁을 찾았다.

"주인님. 이대로 두고 보실 겁니까?"

"안 두고 보면?"

"……."

길우영은 당혹스러웠다. 정진용을 일본에 보내준 것도 일본에서 온갖 유물들을 가져온 것도 모두 무혁이다.

"자기 나라 해역에 혹시라도 해양 오염사고가 날까 봐 대형 유조선의 석유를 대한민국 인근 공해상에서 작은 배로 옮겨 실어 나르는 상식 이하의 국가를 옆에 두고도 해군력 증강을 할 생각을 못했으니 당해도 싸."

"그… 그건 그렇지만……."

"하지만 이제 됐어. 국민들도 정신을 차렸겠지."

무혁은 매직 컴퍼니를 통해서 한 가지 성명을 발표했다.

—매직 컴퍼니는 당사가 개발하여 판매중인 힐링포션을 통해 인류의 건강에 기여하고 있다고 자부합니다. 그리고 힐

링포션을 통해서 얻어진 이익을 세상의 굶주리고 소외받는 이들의 보편적 인권과 복지를 위해 사용해 왔습니다.

여러분의 성원에 힘입어 당사에서는 힐링포션에 이은 두 가지 획기적인 약품을 개발하는데 성공했습니다.

첫 번째 약품의 이름은 NONI(Non—immunity:비 면역), 즉 장기 이식 수술시 모든 면역 거부반응을 차단해주는 약품입니다.

그리고 두 번째 약품의 이름은 OP(Organ preservation:장기 보존)입니다.

부연해서 설명하자면 장기이식에서 가장 중요 인자는 두말할 나위 없이 면역적합성입니다.

당사가 새로 개발한 NONI는 기존의 면역체계를 모두 무시하고 이식될 장기를 이식받을 사람이 거부반응을 일으키지 않게 해줍니다.

평생 면역억제제 따위를 먹지 않아도 되고 적합성을 고려하지 않고 장기를 이식받을 수 있다는 의미입니다.

다음으로 장기이식에서 중요한 인자가 바로 시간입니다. 예를 들자면 심장이식수술의 경우 공여자로부터 심장이 적출된 후 4시간 만에 수술에 들어가야 합니다.

당사의 신약 OP는 이런 대기 시간을 10일까지 획기적으로 늘렸습니다. 10일이면 지구 어디서나 공여자의 심장을 받아

수술을 받을 수 있다는 의미입니다.

비록 심장의 예를 들었지만 이 모든 것은 이식할 수 있는 모든 '장기'에 해당됩니다. 심지어는 팔과 다리까지도 말입니다.

과학에는 국경이 없다는 말이 있습니다. 매우 합당하고 공정한 말이라고 생각됩니다. 그렇지만 과학에는 국경이 없어도 과학자에게는 국경이 있다는 말도 있습니다.

지금까지 매직 컴퍼니는 '인류의 건강과 생명에 기여'를 게을리하지 않았습니다. 불행하게도 매직 컴퍼니의 노력에도 불구하고 현 상황은 '인류의 건강과 생명에 기여'라는 당사의 사훈을 지키기에 너무도 어려운 상황입니다.

여러분이 익히 알고 계시다시피 일본의 상식적이지 못한 도발적 태도 때문입니다.

확언해 두지만 매직 컴퍼니는 어디까지나 대한민국의 기업입니다. 그리고 모든 연구원들이 한국인입니다.

이에 매직 컴퍼니는 선언합니다.

기존과 마찬가지로 힐링포션의 일본인에 대한 사용을 금합니다. 타 국가에서 실수로라도 힐링포션을 일본인에게 사용하면 그 국가에 대한 더 이상의 힐링포션 판매는 중단될 것입니다.

덧붙여 밝혀둡니다.

이번에 개발된 *NONI*와 *OP* 또한 일본인이 그 혜택을 보는 일은 없을 것입니다.

물론 일본이 과거의 잘못을 겸허히 반성하고 진심 어린 사죄와 배상을 한다면 이런 제약은 그 즉시 무효화됩니다.

그리고 한 가지 더 발표할 내용이 있습니다.

매직 컴퍼니는 이 시간부로 대한민국의 매국노인 정진용에 대한 현상금을 겁니다.

정진용을 대한민국의 영토 내로 데려오는 개인과 집단, 어느 쪽에나 지불될 현상금은 미화 100억 달러, 대한민국 원화로는 약 12조 원입니다.

이 돈은 즉시 대한민국의 은행에 예치될 것이며 클리페움 데이(*clipeum Dei*:신의 방패)의 보증하에 정진용이 신병이 확보되는 즉시 정확하게 지급될 것입니다.

이상입니다.

전 세계에서 가장 현찰을 많이 보유한 기업.

전 세계에서 가장 기부를 많이 하는 기업.

전 세계에서 가장 존경받는 기업.

그러면서도 개인 기업인 덕분에 전혀 실체가 드러나지 않는 기업.

매직 컴퍼니다.

그런 매직 컴퍼니의 초대를 받아 모여든 세계 각국의 기자들은 잇따른 발표에 경악했다.

신약 두 가지의 발표는 매우 놀라운 발견이다. 수많은 사람이 생명을 건질 것이다. 뭣하면 통째로 장기를 교체할 수 있는 길이 열린 것이다.

그래도 100억 달러가 주는 충격의 위력에는 훨씬 못 미친다.

사상 최대의 현상금이다.

세계 최고의 부자라는 빌게이츠의 재산이 70조 원 정도다. 문자 그대로 상상 초월이다.

매직 컴퍼니의 약속이 지켜지리라는 사실을 의심하는 기자는 없었다. 개인기업인 매직 컴퍼니의 정확한 재무 정보를 아는 곳은 대한민국의 국세청뿐이다. 하지만 기자들이 추산한 매직 컴퍼니의 1년 매출은 1,800억 달러 정도였다.

한화로는 200조 원이라는 상식 밖의 거금이다.

힐링포션의 복제약을 만들다 실패한 무수한 제약 기업들 덕분에 매직 컴퍼니의 이익률이 80%를 훌쩍 넘으리라는 것도 널리 알려진 사실이다.

기자들의 손길이 바빠졌다.

그리고 그들이 송고한 기사를 본 전 세계인이 놀랐다. 그중에서도 가장 놀란 사람은 아무래도 정진용 본인이었다.

돈이라면 무엇이든지 할 수 있는 정진용은 한순간 자신이 자진해서 한국으로 돌아가면 그 돈을 자신에게 줄 것인가에 대한 고민을 하기도 했다.

일본 당국도 그런 고민을 하지 않은 것은 아니다.

100억 달러다. 정부규모에서 보더라도 결코 작은 돈이 아닌 것이다.

하지만 일본은 자존심을 택했다. 일본 정부는 정진용을 깊숙이 숨겼다.

일본의 대응을 예상했던 무혁은 본격적인 일본 침공 계획을 발동시켰다.

처음부터 무혁은 대한민국을 일본과의 전쟁에 끌어들일 생각이 없었다. 그에게는 마법 무기와 프로텍터로 무장된 북한군이 있었다.

그뿐만이 아니다.

콩고에서 북한군에게 군사 훈련을 받고 있는 1만에 이르는 클리페움 데이의 전사들이 있다.

그리고 클리페움 데이의 전사 1만 명 중 고른 1천명은 '페카드' 의 숙달에 여념이 없었다.

무혁은 이번 일본 정벌에는 클리페움 데이의 전사들을 사용할 생각이었다.

　무더운 한여름의 햇살이 도쿄를 뒤덮고 있던 201X년 8월 15일 아침 8시 15분.
　역사상 단 한 번도 시도된 적이 없는 국가 대 국가의 전쟁이 아닌, 개인 대 국가의 전쟁이 시작되었다.

CHAPTER 82
열도 침공 작전

쥐구멍에도 해뜰 날이 있다고 했던가.

루붐보는 커다란 눈을 연신 끔벅거렸다.

'지구는 푸르다. 사제님의 말씀은 정말이었어.'

아이스박스 강하 연습은 몇 번이고 했다. 하지만 오늘처럼 외부를 본 것은 처음이다.

콩고 촌놈 루붐보는 지금 우주에 있는 것이다.

우우웅~!

루붐보는 디지털 픽셀 무늬 군복을 입고 그 위에 프로텍터를 걸친 상태였다. 게다가 '페카드'라는 기묘한 로봇을 타고 있다.

그가 손을 조금씩 움직일 때마다 거대한 강철손이 동작과 연동해서 웅웅 소리를 내며 움직였다.

'다른 전사들도 나와 같은 기분일까?'

아이스박스의 손바닥 창문 밖으로 그가 타고 있는 것과 같은 형식의 페카드 20기를 적재한 아이스박스가 지구를 배경으로 미끈한 모습을 드러냈다.

"신의 이름으로……."

루붐보는 자신도 모르게 중얼거렸다.

성자 김성준이 태어난 성지 대한민국이 악랄한 외적에 의해 핍박받고 있다.

"신의 이름으로……. 르완다보다 나쁜 놈들일까?"

옆 페카드에서 동기가 통신기를 열고 중얼거렸다.

이름이 맘보인 동기는 르완다군에게 가족을 모두 잃은 청년이다.

"훨씬 나쁜 놈들이지……. 신의 대리자인 성자님을 핍박하는 놈들이니……."

"그래도 일본은 소니지. 난 그래도 소니가 좋았는데……. 소니가 정말 가지고 싶었거든……."

맘보가 중얼거렸다.

다른 페카드에서 맘보의 말에 동조하는 목소리가 들렸다.

"그건 그래. 소니 좋지."

"도요타도……. 난 트럭이 좋아."

"트럭은 닛산이야."

"모두 시끄러워~!"

기분이 나빠진 루붐보가 소리쳤다.

"신의 나라에서 만들어진 삼송이 더 좋아. 도요타보다 미래자동차가 더 좋고……. 너희들! 은혜를 모르면 하마똥을 먹는 말똥가리와 다를 바 없는 거야. 지금 너희가 타고 있는 페카드가 소니의 텔레비전이나 워크맨, 도요다의 트럭보다 못하다고 생각하는 거야?'

루붐보의 고함에 통신이 조용해졌다.

"신의 이름으로……. 따라해! 신의 이름으로……."

루붐보는 울듯이 외쳤다.

신이 자신을 선택하고 신의 무구를 내렸다. 그러니 신의 대리자가 태어난 나라는 모든 것이 완벽한 신의 나라여야 했다. 최소한 루붐보는 그렇게 생각하고 있었다.

"신의 이름으로……."

"신의 이름으로……."

"신의 이름으로……."

다른 페카드에서도 하나둘씩 고함 소리가 들리기 시작했다. 잠시 후 지구를 조용히 돌고 있던 아이스박스 50기의 통신망은 '신의 이름으로' 라는 클리페움 데이 성전사단의 구호로 가득 채워졌다.

아이스박스의 정확한 명칭은 범용 수직이착륙 비행체(UVTOLA:Universal vertical takeoff and landing aircraft)이다.

정식 명칭은 '유브이토라' 지만 사람들은 정식 이름이 아닌 드워프 당이 붙인 아이스박스라는 이름을 고수하고 있다.

평양 강하에 사용되었던 시작기의 컨테이너 박스를 닮은 허름한 외모 대신 미끈한 유선형으로 외관을 바꾸었어도 아이스박스라는 이름은 변하지 않고 남았다.

각각 50기의 아이스박스들은 도쿄상공에 1,000대의 페카드를 일시에 풀어놓았다.

"랜딩 존! 랜딩 존! 신의 이름으로……. 신의 이름으로……."

"신의 이름으로……."

"신의 이름으로……."

"신의 이름으로……."

"신의 이름으로……."

"신의 이름으로……."

"신의 이름으로……."

무게 6톤의 금속 덩어리 1,000개가 붉은 불덩어리에 휩싸여 도쿄로 낙하하기 시작했다. 그 광경은 더할 나위 없이 신비로웠다.

1,000대의 금속 불덩어리가 낙하한 도쿄는 삽시간에 아비규환으로 변했다.

페카드들은 기본 무장인 전장 4m에 달하는 건블레이드에서 거대한 파이어볼을 난사했다. 그리고 그대로 휘둘러 목표물이었던 각종 관공서를 파괴했다.

─지금 보시는 장면은 컴퓨터 그래픽이 아닌 실사화면입니다. 다시 한 번 말씀드립니다. 지금 보시는 장면은 컴퓨터 그래픽이 아닌 실사화면입니다.

도쿄 시내 중심가에 숫자가 파악되지 않은 대량의 로봇들이 출몰했습니다. 로봇들은 무수한 불덩어리들을 난사해서 주요 관공서들을 파괴하고 있습니다.

앗~! 신주쿠 파출소 건물이 로봇이 쏘아낸 거대한 불덩어리에 파괴되는 모습이 보입니다.

다행스럽게도 로봇들은 민간인에 대한 살상을 극도로 자제하는 모습입니다. 그저 지하철과 도로 등의 기간 시설과 관공서들에 공격력을 집중하는 모습입니다.

방금 속보가 들어왔습니다.

조금 전 업로드 된 유튜브 영상을 보시겠습니다.

동영상을 입로드한 클리페움 데이(*clipeum Dei*:신의 방패) 교단 소속의 성전사단이라고 밝힌 집단은 도쿄를 공격중인 로봇들이 자신들이라고 밝혔습니다.

그들은 대한민국 전 대통령 정진용의 신병을 인도하지 않으면 일본 전역에 대한 공격을 멈추지 않을 것이라고 밝혀 왔습니다.

잘 알려진 바에 의하면 클리페움 데이는 개신교 계열로 대한민국에서 시작된 교파입니다.

아~

일본 경찰로서는 로봇들을 막을 수 없습니다. 경찰이 쏘는 권총 탄환은 로봇에게 아무런 타격도 주지 못하고 있습니다.

자위대는 무엇을 하는 건가요. 로봇을 막을 수 있는 것은 탱크와 전투기 뿐입니다. 도쿄는 전쟁터입니다.

일본이 역사상 처음으로 적의 지상 공격을 받고 있는 것입니다.

대형스크린 영상 속의 헐벗은 복장의 여 아나운서가 찢어지는 듯한 비명을 내뱉었다.

아나운서 뒤로 애니메이션에서 튀어나온 것 같은 로봇들이 불덩어리를 내뱉었다.

그 광경을 지켜보던 나카소네 총리의 손이 부들부들 떨기 시작했다.

아나운서의 말처럼 단 한 번도 타국의 지상군 공격을 받아 본 적이 없는 가미카제(神風:신풍)의 수호를 받는 땅이 일본이다.

총리대신 관저의 지하 상황실에는 기상천외한 로봇 침공으로부터 일본을 지키기 위해 군인을 비롯한 각계각층의 전문가들이 모여 있었다.

“방금 이바라키현 오이카아시의 하쿠리 기지와 아이치현 나고야시의 코조지 분둔 기지의 항공 자위대 전투기를 출격시켰습니다. 그리고 동부방면대 소속 제1사단과 12여단 그리고 가나가와현의 중앙 즉응집단이 대응에 나섰습니다. 그 뒤는 아이치현의 10사단이 백업하고 있습니다.”

통합 막료감부 통합 막료회의 의장 마사키 하지메가 자위대의 대응태세에 대한 브리핑을 진행했다. 그는 총원 24만 명인 일본 자위대의 정점에 서 있는 남자였다.

하지만 그의 보고는 단칼에 부정되었다.

나카소네 총리의 발언 때문이다.

“항공 자위대? 말이 됩니까? 도심 한복판에서 날뛰는 로봇에게 미사일을 발사하면 어떤 참사가 벌어질지 모른단 말입니까?”

“……”

“전투기들은 경계만 하시고 전차들을 빨리 투입하세요. 저런 양철 깡통쯤이야 전차 포탄이면 가뿐할 것 아닙니까?”

“알겠습니다, 총리대신.”

사실 문민에 의한 군 지배가 확고한 일본에서 이만큼 식견을 가진 총리가 나오기란 불가능한 일이다.

나카소네 총리가 군사 분야에 관심이 많은 군국주의자이기에 가능한 지적이다.

마사키 통합 막료회의 의장의 대답을 들은 나카소네 총리의 말은 계속 이어졌다.

“도대체 일개 종교 교파가 일본을 공격하는 이유가 뭡니까? 단지 정진용을 돌려받기 위해서란 말을 믿기는 어렵습니다. 그리고 무엇보다도 저런 로봇들이 어디서 튀어 나온 겁니까?”

그의 격양된 말에 대답한 이는 외무대신 마에하라 세이치였다.

“클리페움 데이는 동영상에서 정진용에게 걸린 현상금 100억 불을 받아 그 돈으로 기아에 시달리는 아프리카인을 구제하려 한다고 발표했습니다. 하지만 허무맹랑한 말입니다. 알려진 바에 의하면 클리페움 데이가 일 년에 집행하는 구호 예산이 무려 500억 달러에 이릅니다. 대부분을 매직 컴퍼니가 대고 일부를 한국의 기업들이 기부하고 있습니다."

"그래. 그래. 다 관두고 생각해봅시다. 종교집단이 그런 무력을 가지는 것이 말이 되냔 말입니까. 한국 정부가 뒤에 있지 않고서는 불가능합니다."

나카소네 총리의 말은 분명 일리가 있었다.

그렇지만 안경을 쓴 백발의 노신사가 나카소네 총리의 말에 반박하고 나섰다. 말을 꺼낸 사람은 소니에서 다년간 로봇을 연구해온 미야기 박사였다.

"하지만 한국은 화면의 로봇을 만들 기술력이 없습니다. 저런 기술력은 미국도 불가능합니다. 화면을 주목해주십시오."

그의 손짓에 따라 좌중의 이목이 화면으로 쏠렸다.

"저 정도 크기의 로봇은 무게가 6톤에서 10톤 정도로 추정됩니다. 그렇지만 보시는 바와 같이 지면을 40㎝ 정도 떠서 호버 크래프팅합니다. 반 중력을 실용화하기 전에는 있을 수 없는 이야깁니다. 이 장면도 보십시오. 탄창이 없는 대형 검에서 불덩이가 발사되고 불덩이는 목표에 부딪치는 순간 강력한 폭발을 합니다. 분명 현용 RDX나 TNT에 비하면 폭발력은 약하지만 그렇다고 해서 대인 공격력에 이상이 있는 것은 아닙니다."

"……."

“무엇보다도 놀라운 사실은 로봇들이 헐리우드 영화에서나 봄직한 광선검을 운용한다는 사실입니다. 이 장면을 보면 로봇이 들고 있는 검에서 하얀 광채가 뿜어져 나오고 그 광채가 달려가던 경찰차를 반 토막 내는 것을 볼 수 있습니다.”

화면에서는 로봇이 휘두른 하얀 광채가 빛나는 거대한 검에 경찰차가 두 동강 나는 장면이 재생되고 있었다.

“지금 중요한 것은 저 로봇의 샘플을 최대한 빨리 확보하는 일입니다. 그래야 정확한 대책을 수립할 수 있습니다.”

박사는 말을 마쳤다.

평생을 인간형 로봇 연구에 바쳐온 박사는 로봇을 뜯어보고 싶어서 미칠 지경이었다. 그가 아는 과학으로 저 정도 크기의 로봇을 지속적으로 기동시킬 수 있는 동력원은 오로지 원자력뿐이었다.

하지만 지금까지 로봇의 몸 안에 들어갈 정도 크기의 원자로는 개발된 적이 없었다.

박사의 말을 들은 나카소네 총리가 상황을 정리했다.

“최대한 시민들을 대피시키시고 가용할 수 있는 지상전 병력과 헬기 전력을 모두 동원하세요. 그리고 클리페움 데이란 광신도들의 본부가 있는 대한민국이 이번 일의 배후일 가능성이 농후합니다. 외교 채널을 통해 강력하게 항의하고 해상 자위대는 한국에 대한 해상 봉쇄를 강화하세요.”

미즈노 전 해상 자위대 이등해사는 천신만고 끝에 신주쿠 역에 당도했다.

로봇의 침공으로 모든 지하철이 운행을 중지한 바람에 어쩔 수 없이 끌고 온 어머니의 경차, 다이하쓰 마라를 길 한편에 정차한 그는 조심스럽게 주변을 살폈다.

신주쿠는 도쿄 도청을 비롯한 도쿄의 핵심 관공서가 밀집해 있는 지역이다.

그는 방송을 통해 이곳이 로봇들에 의해 공격받는 것을 보고 집을 나선 참이었다.

'진심으로 일본을 생각하는 젊은이라면 당연히 나서야 해.'

왠지 뿌듯한 기분이 들었다.

한류 연예인과 AV에 빠져 있는 다른 젊은이들과 자신이 다르다는 생각에서 오는 감각이다.

잠시 고양된 감각을 즐기던 미즈노는 마라에 싣고 온 AKM 소총을 등에 짊어지고 RPG—7 발사기를 꺼냈다. 몇 개의 RPG—7 탄두까지 챙기니 한층 자신감이 북돋아졌다.

그는 사주를 경계하며 조심스럽게 신주쿠 역 앞에 위치한 잡화점 돈키호테로 향했다.

'아직 아무도 없네.'

미즈노는 돈키호테 앞에서 침략당한 일본을 지키기 위해 떨치고 일어난 우국지사들을 만나기로 했다. 모두 그가 인터넷에 올린 글을 보고 그의 주장에 열렬한 성원을 보내준 팬들이다.

그리고 미즈노가 보내준 AKM 소총을 가지고 있는 사람들이기도 했다.

'3시가 약속 시간인데…….'

핸드폰의 시간은 이미 4시가 가까워져있었다.

'4시까지만 기다리자. 교통이 두절되었으니 오기가 힘들거야.'

4시가 지났지만 신주쿠 역 근처는 원전사고로 폐쇄된 후쿠시마처럼 적막만 감도는 유령도시처럼 고요했다.

'10분만 더…….'

스스로를 납득시켜보지만 미즈노는 이미 아무도 나오지 않았다는 사실을 알고 있었다.

결국 미즈노는 혼자서 행동을 개시했다.

'겁쟁이들……. 일본의 남성들은 모두 초식동물이야. 나만 빼고…….'

발사한 RPG—7이 로봇을 산산조각 내는 장면이 떠올랐다.

미즈노는 자신이 박살 난 로봇에 발을 올리고 포효하는 모습을 어떻게 증거로 남길지 고민했다.

'카메라를 가져와야 했어. 하지만 핸드폰도 가능해. 무엇보다 영웅은 스스로를 드러내지 않는 법이지.'

새삼 겁쟁이들이 원망스러웠다. 증거가 있어야 아름다운 여성들이 그에게 환호를 할 것 아닌가.

'난 국민 영예상을 받고 AKB—48의 마에다 아츠코 짱이 꽃다발을 안겨줄 거야.'

온갖 망상을 떠올리며 미즈노는 도쿄 도청으로 향했다. 그가 차를 타고 오면서 들은 라디오에 의하면 로봇들로부터 공격을 가장 많이 받은 건물이었다.

'없잖아.'

실망스럽게도 도청에는 한 대의 로봇도 없었다. 미즈노는 어깨를 파고드는 무기들을 짊어지고 다시 터벅터벅 걸음을 옮겼다.

이번에 가는 곳은 경시청 본부였다.

'아무래도 도청보다는 경시청일거야. 경시청은 일단 무장이 되어 있으니……'

그의 선택은 옳았다.

불에 타 부서지고 검게 그을린 경시청에는 두 대의 로봇이 주차장에 있는 경찰차들을 부수고 있었다.

모두 도망쳤는지 두 로봇의 행동을 저지하는 경찰의 모습은 보이지 않았다.

　몸을 숨긴 미즈노는 거대한 로봇들이 허공에서 미끄러지 듯 움직이는 모습을 관찰했다.
　'방송하고는 다르구나. 박력이 남달라.'
　방송 속의 로봇은 마치 잘 만들어진 SF 영화를 보는 것처럼 현실감이 없었다. 하지만 실제로 보는 로봇이 주는 위압감은 대단했다.
　'그래도 난 영웅이 될 거야.'
　미즈노는 AKM 소총을 내려놓고 RPG-7 발사기에 탄두를 결합했다.
　밀리터리 마니아답게 그는 RPG-7을 발사하는 방법을 책 과 만화를 통해 숙지하고 있었지만 그래도 실제 발사는 이번 이 처음이었다.
　한방에 로봇을 무력화 하려면 최대한 가깝게 접근해야 했 다.
　미즈노는 살금살금 경시청 주변에 버려진 자동차들에 몸 을 숨기면서 로봇에게 다가갔다.
　'다른 로봇의 시야에서 벗어날 때까지는 조심해야 해.'
　저격수의 기본은 기다림이다. 완벽한 임무를 수행하기 위 해 저격수들은 대소변을 참으면서 며칠간 미동도 하지 않고 잠복을 한다.
　상황에 들어맞는 비유는 아니지만 미즈노는 저격수의 원

칙을 훌륭하게 지켰다.

기다림은 성과가 있었다.

서로 떨어져서 경찰 기동대 차량이며, 경찰차들을 부수던 로봇 중 한 대가 미끄러지듯 이동을 시작했다.

나머지 로봇은 한 대 남은 경찰 기동대 소속 장갑차를 부수려고 거대한 검을 들어 올리고 있었다.

미즈노는 비 오듯이 쏟아지는 땀을 훑어낸 후 조심스럽게 RPG―7을 등을 보이고 있는 로봇에게 조준했다.

'제발 맞아라. 대일본 제국 만세!'

그가 트리거를 누르자 RPG―7이 연기를 내면서 로봇의 등을 향해 날아갔다.

루붐보는 주변을 살폈다.

다른 동료들은 이미 육상 자위대 동부방면대 1사단이 도쿄 도심으로 진입하고 있다는 소식에 저지에 나섰고 그와 맘보만이 남아 마무리를 하던 참이다.

"맘보, 마무리됐으니 떠나자."

"롸져. 기동대 장갑차 한 대만 부수면 마무리야."

"그래, 먼저 출발한다."

"웅~! 신의 이름으로……."

"신의 이름으로……."

루붐보는 내비게이션에 목적지인 레인보우 브릿지의 위치
를 입력했다. 페카드는 아직도 민수용 네비게이션을 기본 항
법시스템으로 사용하고 있었다.

그가 막 이동을 시작한 순간이었다.

퍼벙~!

폭발음이 들렸다.

고개를 돌린 루붐보는 맘보가 타고 있던 페카드가 화염에
휩싸인 모습을 발견할 수 있었다.

"맘보~! 맘보~!"

대답이 없었다.

직감적으로 적의 공격이라는 판단을 내린 루붐보는 페카
드를 반전시켰다. 그리고 마나를 너무 많이 소모해서 사용을
제한하고 있는 인비지빌리티 마법을 작동시키고 주변을 살폈
다.

그와 동시에 루붐보의 생각을 읽은 ICS 마법진이 자동으로
반경 200m 안의 생명체를 파악해서 시야에 표시를 해주었다.

"저놈이군~!"

자동차 뒤에 숨어 RPG—7 발사기를 들고 환호하고 있는
남자의 모습을 발견하는 것은 어렵지 않았다.

분통이 터졌다.

옷을 입은 것으로 보아 적은 군인이 아니었다. 더 화가 났

다. 일반인에게 페카드를 지급받은 성전사단이 당했다는 것은 있을 수 없는 일이다.

루붐보의 페카드가 허공으로 치솟아 올랐다. 그리고 적을 향해 날아갔다. 적은 신의 군대에게 반항한 죗값을 목숨으로 치러야 했다.

'신의 적에게 편안한 죽음을 내릴 수는 없어.'

중량 6톤의 페카드가 죽음의 그림자가 내리고 있는지도 모르고 환호성을 지르고 있는 미즈노의 머리 위에 떨어졌다.

페카드는 120㎜ 전차 활강포가 발사하는 텅스텐 탄두의 직격을 견디는 방어력을 가지고 있다.

하지만 그 정도 성능의 실드를 상시 작동시키는 것은 페카드의 작동 시간을 급속하게 저하시킨다.

때문에 페카드는 전투 상황이 아니면 전면 이외의 실드를 모두 1단계만 켜고 움직이게 되어 있다.

맘보의 페카드가 한낱 RPG—7의 공격에 파괴된 것도 바로 그런 이유였다.

RPG—7의 성형 작약 탄두는 페카드의 후면을 보호하고 있던 한 겹의 실드에 부딪치면서 터졌다. 그리고 발생된 메탈제트는 온도 약 3천 도, 최대 초속 15,000m의 속도로 실드를 뚫고 페카드의 외장 갑옷을 타격했다.

페카드의 외장 갑옷은 마법을 통해 경량화와 강화를 한 70㎜ 두께의 세라믹 판으로 되어있었지만 고온의 메탈 제트를 견디는 것은 불가능했다.

외장 갑옷을 뚫은 메탈제트는 다음으로 역시 마법 경량화와 강화를 한 텅스텐 척추를 부수고야 위력을 잃었다.

맘보가 그런 상황에서 살아난 것은 그가 입고 있는 프로텍터 덕분이었다.

미즈노를 육포로 만들어 죽인 루붐보는 페카드에서 내렸다. 그리고 맘보의 페카드에 다가갔다.

해치를 열고 페카드에서 나온 맘보의 얼굴은 무참하게 구겨져 있었다.

1,000기의 페카드 중에 파괴된 최초의 1기의 주인이 자신이라는 사실이 너무도 치욕스러웠다.

"난 신의 전사의 자격이 없어."

"신경 쓰지 마. 전투에서 얼마든지 벌어질 수 있는 일이야."

"방금은 전투가 아니었어. 난 사주 경계를 못했을 뿐이라고."

"판단은 네가 아니라 상부에서 하는 거야. 예비 기체를 요청할게."

맘보는 묵묵히 루붐보의 말을 듣고 있었다.

루붐보는 그런 맘보의 어깨를 한 번 두들겨준 후 위성전화를 꺼내들었다. 페카드는 아직까지 거의 모든 전자 장비가 민수용에 기반을 두고 있는 상태였다.

도쿄 상공에서 대기하고 있던 아이스박스에서 예비기체가 낙하한 것은 루붐보의 요청이 있고 겨우 5분이 지나서였다.

"페카드를 완전히 파괴해야 할까?"

"아니야. 우리의 페카드는 적에게 노획되어도 절대 비밀이 새어나가지 않는다고 사제님이 말씀하셨어. 너무 많이 지체되었어. 그냥 가자."

파괴된 페카드에 장치된 민수용 전자기기를 모두 수거한 맘보는 예비기체를 타고 루붐보와 함께 레인보우 브릿지로 향했다.

그들이 떠난 경시청에 남겨진 것이라고는 곤죽이 되어 버린 미즈노의 시체와 척추가 부서진 페카드 뿐이었다.

＊　　　＊　　　＊

오다이바는 아름다운 도쿄만의 야경을 감상할 수 있는 최고의 관광지 중 한곳이다.

줄줄이 늘어선 비너스 포트, 덱스 도쿄 비치, 아쿠아 시티 등의 거대한 쇼핑센터와 후지 텔레비전과 메가 웹, 도쿄만 전체를 관망할 수 있는 대관람차 그리고 오오에도 온천 등 다양한 볼거리와 즐길 거리가 즐비해서 일본의 연인들은 물론 도쿄를 찾는 관광객들에게도 최고의 장소였다.

하지만 8월 15일의 오다이바는 건물들의 그늘마다 은폐해서 마나 카트리지를 재보급받는 1,000대의 로봇으로 기묘한 분위기를 뿜어내고 있었다.

그리고 그 기묘한 분위기에는 만 명 단위로 모여든 인파가 한몫을 했다.

모여든 인파들은 일본 전자 기술의 상징이다시피 한 캠코더와 카메라를 꺼내들고 늘어선 로봇들을 촬영하기 바빴다.

보급을 마치고 어디선가 나타난 사람들이 나눠주는 맥도날드 햄버거를 우물거리던 맘보가 한마디했다.

"루붐보, 저 사람들은 도망 안 가나? 전쟁이잖아."

"사제님이 말씀하실 때 잤지? 그때 말씀 못 들었어? 일본 사람들은 전쟁의 참혹함을 기억하지 못한다잖아."

"말도 안 돼, 불과 몇 십 년 전에 아시아 전역을 전쟁터로 만들었다면서?"

맘보는 루붐보의 말을 이해하기 힘들었다.

일본은 몇 십 년간 신의 나라를 침략하고 지배했다. 그리고 사과도 하지 않았다고 했다.

그런 뻔뻔함을 유지하려면 필수적인 것이 경계심이다.

그런데 경계심이 없다니 이해할 수 없었다.

"일본인은 선조가 저지른 일은 현재를 살아가는 자신들과는 상관없다고 교육받고 있어. 아니 오히려 자신들이 침략한 나라를 발전시켰다고 주장하지."

"흥~! 르완다군이 우리 가족을 죽였으니 내가 성전사단이 되었다고 하는 꼴이군. 나쁜 놈들."

"그래, 그래서 사제님은 말씀하셨어. 일본은 그리고 일본인은 자신들의 비겁함에 대해 벌을 받아야 한다고."

"확 쓸어버릴까?"

"너, 정말 사제님이 말씀하실 때 잤구나? 죽이는 것은 벌이 너무 가벼워. 저들은 살아서 자신들의 육체로 죄를 갚아야 해. 우리는 그저 군인만을 상대하면 되는 거라고."

"오케이, 알았어. 그런데 루붐보 너 정말 똑똑하구나."

맘보는 루붐보를 추커세우며 구경하는 일본인들에게 신경을 껐다. 그의 마음속에서, 일본인들은 이미 원수인 르완다군보다 못한 족속으로 낙인찍혀 있었다.

육상 자위대 제1사단은 도쿄도 네리마구(練馬區)에 자리 잡은 차량화 보병사단이다.

수도 방어의 중추를 담당하는 사단답게 일반 보병사단보다 대전차 무기와 기동화력이 잘 갖추어진 1사단은 도심으로 진출을 시도했다.

하지만 도심을 휩쓴 로봇들이 레인보우 브릿지 반대편 오다이바에 집결하고 있다는 정보가 들어왔다.

1사단장 미치로 유노(陸將—) 육장은 예하 제1전차 대대의 74식, 90식 전차와 96식 장륜 장갑차와 제1방공대대의 81식 단거리 SAM과 93식 근거리 SAM을 앞세우고 레인보우 브릿지로 향했다.

굉음을 내면서 달려가는 전차들의 뒤를 FH—70 견인곡사포와 JTPS—P16 대포병레이다를 장비한 제1포병대 그리고 고기동차에 탑승한 제1보병연대와 소집중인 예비군 연대인 제31연대를 제외한 제32연대와 제 34연대가 뒤따랐다.

고기동차에 탄 자위대원들은 84㎜ 칼구스타프 대전차 로켓과 L—16 81㎜ 박격포, RT120㎜ 박격포, 87식 대전차 유도탄을 장비하고 사주를 경계했다.

"오다이바의 빌딩군 그늘에 로봇들이 은폐해 있다는 정보입니다."

"항공을 걱정하고 있는 모양이군. 그럴 만도 하지."

"맞습니다. 지금까지 알려진 정보를 종합하면 로봇들은 항공 저지 전력이 전무합니다."

"하지만 우리도 항공 전력을 사용하지 못한다는 딜레마가 있어."

"말씀하신 대로 로봇들을 구경하기 위해 오다이바에는 3만 이상의 인파가 모여들었다고 합니다."

미치로 유노 육장은 참모의 말에 인상을 찌푸렸다.

민간인 덕분에 원거리 공격이 불가능했다. 그렇다고 수도 고속도로를 통해서 도쿄만을 우회하는 것도 사실상 불가능했다.

도쿄 시민 중에는 로봇을 보고 싶어 하는 사람만 있지 않았다. 수도 고속도로는 도쿄를 떠나려는 시민들로 이미 주차장이나 다름없었다.

결국 그는 레인보우 브릿지를 사이에 두고 로봇들과 공방을 벌여야 했다.

"정확한 정보가 필요하다. FFOS(Flying Forward Observation System:전방 관측 비행 시스템)를 사용하도록!"

"알겠습니다."

FFOS 시스템은 육상 자위대의 무인정찰기 소요 요구에 따라 방위청 기술연구본부에서 개발한 헬기 타입의 무인기이다.

후지 중공업의 민간 레저용 무선조종헬기인 RPH-2를 개량해서 군용으로 사용할 수 있도록 성능과 신뢰성을 대폭 향신 시킨 FFOS는 제1포병대에 2기가 장비되어 있었다.

미치로 육장의 명령은 이어졌다.

"통합 막료회의에 연락을! 지금까지 갱신된 정보가 있는지 파악하도록. 그리고 무엇보다도 공격헬기 전력이 필요해. 적들에게는 사실상 자발적인 인질이 3만 명이나 있다고."

미치로 육장이 지시를 내렸다. 지금 상황에서 그가 할 수 있는 일은 아무 것도 없었다.

통합 막료회의는 미치로 육장의 제안을 받아들여 치바현의 키사라즈 기지에 주둔중인 동부방면대 항공대 소속 제4대전차헬기대(第4對戰戰車 ヘリコプタ−隊)의 AH−1S 코브라 공격헬기를 출동시켰다. 역시 동부방면대 항공단 헬기대의 OH−6D, 가와사키 OH−1의 스카우트 헬기도 정찰과 백업 목적으로 출동시켰다.

치바현은 1사단과 대치하고 있는 로봇들의 배후에 자리 잡고 있다.

통합 막료회의는 원활한 작전을 위해서 남서 항공혼성단 예하 경계항공대소속의 E−767 조기경보기도 도쿄 상공으로 급파했다.

이 정도가 도심 한복판, 그것도 자국민들이 자발적 인질로 나서고 있는 적 집단에 대항해야 하는 통합 막료회의가 할 수 있는 최선이었다.

수없이 업로드되고 있는 로봇을 찍은 동영상으로 인해 적들의 규모를 파악하는 일도 수월해졌다.

하지만 동영상 덕분에 일본 정부가 궁지에 몰리기도 했다.

무선조종인줄로만 알았던 로봇에 조종사가 타고 있었고, 그들이 하나같이 흑인이라는 사실 때문이다.

일본 정부는 클리페움 데이가 대한민국에서 시작된 교단이라는 사실을 강조하고 있었다.

당연히 일개 종교집단이 로봇을 만들었을 리 만무하니 대한민국 정부가 실질적인 배후라는 주장이다.

하지만 로봇의 조종사들이 전부 흑인이니 지금까지의 논리를 계속 펴나가기에는 여러모로 무리가 많았다.

대한민국 외교부는 일본의 논리가 정당하다면 로봇을 개발할 수 있는 유일한 국가인 미국이 일본을 침략한 것 아니냐는 비아냥거림을 담은 전문을 보내왔다. 그리고 지금도 계속되고 있는 한국행 선박들에 대한 나포 행위를 중단할 것을 요구했다.

다행스러운 일도 있었다.

도쿄 도심을 정찰하던 1사단 정찰대가 신주쿠에서 한 대의 파괴된 로봇을 발견한 것이다. 주변 상황으로 보아 RPG—7으로 추정되는 무기에 파괴된 로봇은 빠르게 소니사의 연구실로 이송되었다.

로봇을 노획한 통합 막료회의의 기대는 컸다.

　로봇의 작동 구조와 사용 주파수만 안다면 의외로 쉽게 일을 끝낼 수 있었다. 일본은 전자기술에 있어서는 세계 최고의 기술력을 가진 나라였다.

　하지만 결과는 참담했다.

　"이건 로봇이 아닙니다."

　로봇을 뜯어본 백발의 박사가 머리를 싸매고 고개를 숙였다.

　"그냥 뼈대에 장갑만 두른 물건입니다. 마치 로봇 프라모델처럼요. 이 물건에는 필수적인 동력 시스템이나 움직임을 위한 모터, 그리고 유압시스템이 전무합니다."

　"그렇다면 통신은 어떻게 합니까?"

　"통신기로 추정되는 전기 장치는 전혀 없습니다. 정확하게 말하면 이 물건은 어떠한 전기적, 기계적 기구도 가지고 있지 않습니다."

　"그럼 어떻게 움직인다는 말입니까?"

　"솔직히 말하겠습니다. 전 모르겠습니다. 이 물건은 움직여서는 안 되는 물건입니다."

　박사는 계속해서 '이 물건' 이란 단어를 사용했다. 이 쇳덩어리가 절대 로봇일 수 없다는 확고한 신념이 낳은 결과였다.

＊　　　＊　　　＊

전투의 시작은 1사단에서 날려 보낸 FFOS가 도쿄만 상공에서 불덩어리로 변하며 시작되었다.

일본이 오판하고 있는 것은 성전사단의 방공능력이었다.

무혁은 인비지빌리티 마법으로 모습을 감춘 아이스박스를 동원해서 대량의 아스란 1호 미사일을 도쿄 상공에 살포한 상태였다.

그리고 그 제어를 역시 아이스박스에 탑재한 히드라 시스템에 맡겼다.

공격과 방어가 완벽한 전천후 방공 시스템의 탄생이다.

아스란 1호 미사일과 히드라 시스템의 목표가 된 것은 단지 FFOS뿐만이 아니었다.

배후를 타격하려 저공비행하던 코브라 헬기들도 아스란 1호 미사일의 방어막을 통과할 수 없었다.

"무슨 일입니까?"

"아마도 기계 고장으로 인한 추락이 아닐까 추정됩니다."

"추정이라니? 20여 대 이상의 헬기가 몽땅 추락했는데 그것이 할 말입니까?"

상황판을 보며 전장을 지휘하던 통합 막료회의가 불난 집에 기름을 끼었듯이 시끄러워졌다.

상관들의 질책 오퍼레이터들도 눈에 보이지 않는 미사일

이 있다는 사실을 알아차릴 수는 없었다.

하지만 오퍼레이터들은 아이스박스의 존재까지 놓치지는 않았다. 처음부터 레이더 스텔스는 고려되지 않은 가시 스텔스만이 적용된 비행체가 아이스박스였다.

"조기경보기의 데이터에 의하면 도쿄 상공 10㎞ 상공에 비행체가 5기 존재합니다. 정지 상태이긴 하지만 이 비행체가 헬기를 공격한 것 같습니다."

"항공 자위대의 F—15를 출격시키도록."

도쿄 상공을 선회하던 F—15들이 아이스박스가 정지해서 히드라 시스템을 가동하고 있는 장소에 나타난 것은 불과 5분이 채 지나지 않아서였다.

"컨트롤, 컨트롤, 지정한 좌표에 도착했다. 비행체는 발견되지 않는다."

"확인 바란다. 레이더 상에는 분명 비행체가 나타나고 있다."

"컨트롤, 기체 레이더에도 비행체의 존재는 나타난다. 하지만 가시거리에 비행체의 모습은 전혀 보이지 않는다."

F—15는 지정된 공역을 계속 순회했다. 레이더가 경고음을 내뱉고 있었지만 그렇다고 무작정 아무것도 없는 허공에 미사일을 발사할 수는 없었다.

그때였다.

출동했던 F—15들의 무전이 시끄러워졌다.

"미사일 발견, 미사일 발견, 허공에서 미사일이 튀어 나왔다."

"미사일이 튀어나온 장소는 조금 전 지정해준 좌표다."

"저곳에 무언가 있다. 저곳에 무언가 있다."

"피… 피할 수 없다. 채프, 플레어 모두 통과한다."

피할 수 없다는 무전을 마지막으로 F—15들은 낙엽처럼 격추되었다.

추가해서 출동시킨 F—15도 상황은 마찬가지였다.

삽시간에 10여 기의 F—15를 잃고 나서야 통합 막료회의는 그곳에 눈에 보이지 않는 무엇인가가 있다는 사실을 인정해야 했다.

뒤늦은 공격 명령도 소용이 없었다. F—15에서 발사된 스페로우 미사일은 허공에서 물체를 감지하고 폭발했지만 단지 그것뿐이었다.

도쿄의 하늘은 눈에 보이지 않고 미사일 공격에도 끄떡 안하는 어떤 존재에 의해 장악되고 있었다.

*　　*　　*

허망한 공중에서의 전투와 마찬가지로 육상에서의 전투도

싱겁게 끝났다.

로봇들은 도쿄만을 날듯 미끄러지듯 넘어왔다.

민간인 사상자를 걱정하던 자위대로서는 천만다행인 진행이다.

대기하던 전차들의 포가 기다렸다는 듯 불을 뿜었다.

역시 일본이 자랑하는 전자기술의 집약체인 전차의 조준 시스템은 정확했다.

90식 전차의 44구경장 120㎜ 활강포에서 발사되는 날개안정식 분리철갑탄(APFSDS:Armor Piercing Fin Stabilized Discarding Sabot)은 2,000m 사거리에서 균질 압연 강판 600㎜ 이상을 관통하는 위력을 지닌다.

이 정도의 관통력이면 2005년 이전에 생산된 거의 모든 전차의 전면 장갑을 관통할 수 있는 수준의 위력이다.

"명중!"

"명중!"

미치로 육장의 얼굴에 오랜만에 엷은 미소가 드리워졌다.

달려오던 로봇들이 멈추는 모습을 보고서다.

하지만 그의 미소는 나타난 것보다 빠르게 사라졌다.

"적 로봇 아무런 타격을 입지 않았습니다. 적 전진 중! 거리 1,000, 900……."

참모장의 목소리가 가빠졌다.

미치로 육장이 소리쳤다.

"모든 화력 선두 로봇에 집중!"

이길 수 없는 전투라는 생각이 들었다. 하지만 어떻게든 한 대의 로봇이라도 잡아야 했다. 가미가제 공격까지는 아니더라도 사단의 공격력을 집중시키고도 로봇 한 대를 잡지 못하면 일본의 미래는 없다.

퓸~!

퐁~!

퓨슉~!

뺑~!

제1방공대대의 81식 단거리 SAM과 93식 근거리 SAM이 수평사격으로 발사되었다.

FH—70 견인곡사포도 포신을 내리고 불을 뿜어내고 있었다.

84㎜ 칼구스타프 대전차 로켓과 L—16 81㎜ 박격포, RT 120㎜ 박격포, 87식 대전차 유도탄들도 저마다의 소리를 내며 발사되었다.

1사단이 보유한 전체 화력이 집중된 것이다.

삽시간에 불바다가 된 도쿄만은 끓어오르는 수증기 덕분에 새하얀 연기로 뒤덮였다.

"……."

“…….”

미치로 육장과 참모장은 동시에 마른침을 삼켰다.

털석.

참모장이 주저앉았다.

미치로 육장은 참모장처럼 주저앉을 수는 없었다. 하지만 그의 다리는 떨리고 있었다.

그의 시선이 머무는 곳에는 불과 연기를 뚫고 유령처럼 나타난 로봇들이 도쿄만을 벗어나 1사단을 향해 날아오고 있었다.

로봇이 도착하고 나서는 일방적인 살육이 펼쳐졌다.

마치 전봇대 같은 건블레이드는 하얀빛을 내뿜으며 전차와 각종 차량을 두부 썰듯이 잘라냈다.

타다다당~!

타당!

탕!

투투투둥~!

병사들의 절망적인 몸부림도 소용없었다.

그들이 쏘아대는 총탄은 철벽에 맞은 콩알처럼 튕겨 나왔다. 아니 처음부터 총탄은 로봇 근처에도 접근하지 못하고 있었다.

화~ 악~!

푸아아아아악~!

두둥실 불덩어리들이 날아다녔다.

유난히 속도가 느려 피하려면 얼마든지 피할 수 있을 것 같은 불덩어리들이다.

하지만 불덩어리들이 터지는 곳에는 어김없이 병사들이 개업식 알림용 공기 인형처럼 불덩어리에 휩싸여 흔들거렸다.

"이럴 수는 없어."

미치로 육장의 목소리가 처량했다.

"이럴 수는 없다고……."

그렇지만 애달픈 그의 목소리를 들어줄 부하들은 이미 한 줌의 숯덩어리로 사라져버렸다.

오열하는 미치로 육장에게도 두둥실 불덩어리가 날아왔다. 어쩌면 피할 수도 있었을 불덩어리를 미치로 육장은 눈을 감고 받아들였다.

*   *   *

"정진용을 내줍시다. 그놈이 뭐라고……."

"당연합니다. 내줘야 합니다. 크리페움 데이는 정진용의 몸값을 원한다고 했습니다."

각의의 대신들은 정진용을 크리페움 데이에 내줄 것을 강력하게 주장했다.

처음부터 잘못된 거래라는 논리다.

그 잘못된 거래가 가져다준 기쁨으로 역사상 가장 높은 지지를 받고 있는 대신들의 대처치고는 치졸하기 그지없는 사고방식이다.

"정진용을 받아들여 쇼를 펼친 것은 어디까지나 정신적인 만족에 한정됩니다. 그리고 그 대가는 도쿄도의 기능상실입니다."

외무대신 마에하라 세이치의 표정은 참담했다.

정진용이 천황에게 머리를 조아리는 모습을 전 세계로 방영할 때만 해도 대한민국은 세상 사람들의 손가락질을 받았다.

하지만 지금은 일개 종교 단체의 테러 행위에 어쩔 줄 몰라 하는 일본이 놀림감으로 전락한 상태였다.

당장 클리페움 데이 교단의 전폭적인 구호활동을 받고 있는 아프리카의 각국은 연일 일본을 맹렬하게 비난하는 성명을 발표하고 있었다.

게다가 더 큰 문제도 있었다.

"전 세계의 국가들이 대한민국으로 달려가고 있습니다. 미래중공업에서 개발했다는 페카드와 유브이토라를 구입하기 위해서 말입니다."

미래중공업은 삼송전자와 매직 컴퍼니와의 협업을 통해서 개발했다고 발표했다.

미래중공업이 공개한 영상에는 일본이 자랑하는 90식 전차의 44구경장 120㎜ 활강포에서 발사된 날개안정식 분리철갑탄(APFSDS:Armor Piercing Fin Stabilized Discarding Sabot)을 지근에서 얻어맞고도 멀쩡하게 기동하는 페카드의 모습이 선명하게 찍혀 있었다.

실용적인 전투로봇이라는 개념도 세간을 놀라게 하기에는 충분했지만 오히려 사람들을 더 놀라게 한 것은 따로 있었다.

미끈한 유선형의 유브이토라(UVTOLA:Universal vertical takeoff and landing aircraft)가 페카드 20기를 싣고 두둥실 떠오르는 모습을 본 사람들은 놀라움을 넘어 경악했다.

미래중공업은 유브이토라, 즉 아이스박스가 수직 이착륙을 하는 원리를 중력 차단 효과라고 설명했다.

역시 삼송전자와 매직 컴퍼니와 공동 개발한 중력 차단장치는 50cmx50cm의 크기를 가진 정사각형 판 모양을 하고 있다. 중력 차단장치는 장치크기의 10배인 5mx5m 넓이의 면적에 미치는 중력을 완벽하게 차단한다는 설명이었다. 그리고 각 중력 차단장치는 약 20톤의 무게를 중력의 제약에서 벗어나게 할 수 있다.

게다가 연료 소모는 제로에 한없이 수렴했다.

인류가 지금까지 쌓아온 항공 공학에 일대 파란이 일어났다.

비행체가 풍선처럼 허공에 떠 있을 수 있다.

이 의미가 주는 충격은 대단한 것이었다. 인류는 하늘을 날기 위해 수없이 아이디어를 떠올렸고 실패를 경험했다. 그리고 그런 수많은 시행착오 끝에 만들어진 것이 비행기와 로켓이다.

하지만 인류가 만들어낸 비행체는 비효율을 극치였다.

비행체가 커지고 빨라지고 높이 날수록 연료의 소모는 기하급수적으로 늘어났고, 그 연료는 비행체가 단지 떠 있는 일을 하기 위해 사용된다.

단적인 예로 인간을 달로 보내기 위해 1969년 7월 16일 닐 암스트롱을 비롯한 3명의 우주인을 태우고 발사되었던 아폴로 11호의 예를 들 수 있다.

아폴로 11호의 발사체였던 새턴 5형 로켓은 3단 로켓으로 지름 10m, 높이 110m, 무게는 3,000톤에 이른다.

단 한 번 발사에 35억 달러의 천문학적 비용이 소모되고 2,700톤에 이르는 연료는 20분간의 분사에 소모된다.

43,811kg. 즉 44톤의 우주선을 지구 궤도 밖으로 보내기 위해 이러한 막대한 비효율이 강요되는 것이다.

하지만 미래중공업의 발표가 사실이라면 단 두 장의 중력 차단장치만으로 아폴로 우주선을 우주로 내보낼 수 있다.

물론 단지 중력을 제거한다고 해서 물체가 허공에 떠오르는 것은 아니다. 부가적으로 추진을 위한 연료나 장치들이 보조되어야 했지만 그렇다고 해서 중력 차단장치의 효용이 폄하되는 일은 단연코 없었다.

이런 압박 속에서도 일본 정부는 쉽사리 정진용의 소환 결정을 내리지 못했다.

정진용의 인도 시에 입어야 할 회복하기 힘든 외교적 데미지를 감당할 수 없어서다.

비리를 저지른 일국의 전직 대통령의 망명을 받아들이고 그 대통령을 이용해서 우방인 상대국에 씻을 수 없는 치욕을 안겼다. 그리고는 자신들에게 피해가 있자 일거에 안면을 바꾸어 송환한다. 그것도 송환 상대자가 상대국 정부가 아닌 일개 종교 단체다.

정중한 사과도 대가도 없는, 위기 순간을 모면하기 위한 임시방편이다.

페어(Fair)함을 신봉하는 구미(歐美) 각국은 일본을 맹렬하게 비난할 것이다. 그리고 그런 구미를 닮고 싶어 하는 일본으로서는 그런 비난을 감수하기 힘들었다.

클리페움 데이의 공격 목표는 도쿄의 공공기관에 한정되어 있었다.

다만 특이한 점은 일본의 거의 모든 언론사들도 함께 공격을 받고 있다는 점이었다. 어쨌든 목표가 한정된 덕분에 당장은 민간에 대한 피해가 없었지만 공공기관들이 마비되자 일본의 고질적인 문제가 표면에 드러나기 시작했다.

전형적인 관치(官治) 주도 경제를 뒷받침하던 관료체계가 무너지자 시스템과 매뉴얼에 의존하던 일본의 제조업과 수출입이 막대한 타격을 입은 것이다.

더 이상 견딜 수 없었던 일본 정부는 최후의 수단으로 러시아에 막대한 이권을 약속하고서 홋카이도 삿포로 시(北海道 札幌市)에 주둔 중이던 북부방면대(北部方面隊)를 도쿄로 돌릴 수밖에 없었다.

일본 육상 자위대 예하의 5개 방면대에서 최강의 전력을 보유한 부대는 역시 북부방면대이다. 북부방면대는 최전선에서 러시아를 견제하는 전략적인 임무를 수행하며, 러시아가 점유중인 북해 5도의 회복을 꿈꾸는 부대이기 때문이다.

북부방면대의 중추인 제2, 5, 11 기계화 보병사단(第2機械化 步兵 師團)과 일본 유일의 기갑사단인 제7기갑 사단(第7 機甲 師團;JGSDF 7th Armoured Division) 그리고 전통적으로 포병화

력을 매우 중시하는 러시아의 군단급 화력을 자랑하는 제1포
병여단(第1特科團;だいいちとっかだん;JGSDF 1st Artillery
Brigade), 마지막으로 이런 강력한 육상전력을 보조하는 제1방
공여단(第1高射特科團;1st Antiaircraft Artillery Brigade)이 기차 편
으로 도쿄로 이동하기 시작했다.

　도쿄에 인접한 사이타마 현에 도착한 북부방면대의 위용
은 일본 최강이라는 명성답게 대단했다.

　주력인 90식 전차와 74식 전차 230대로 이루어진 제7기갑
사단을 선두로 M―270 MLRS와 M―110A2 8인치 자주포, 사
거리 150km의 SSM을 장비한 제1포병여단이 뒤를 이었다.

　자위대 보병 사단 중 최강이라는 제2기계화 보병사단을
비롯한 5, 11보병사단에서 장비한 99식 155㎜ 자주포, 75식
155㎜ 자주포, 93식 SAM(93式 近距離 地對空 誘導彈), 87식 자
주 대공포(87式 自走 高射機關砲), 96식 장갑차(96式 裝輪裝甲
車)들도 저마다의 위용을 뽐내기는 마찬가지였다.

　끝을 모르고 광음을 내뱉으면서 도쿄로 향하는 기갑 차량
의 행렬을 사이타마의 시민들이 열렬하게 환송했다.

　대동아전쟁을 겪은 몇몇 노인들은 그대의 기억이 떠올랐
는지 감격의 눈물을 흘리기도 했다.

　그리고 그들의 눈물에 답이라도 하는 양 전국에서 긁어모
은 헬기 전력이 차량들의 행렬을 상공에서 호위했다.

　　　　　　　*　　　　*　　　　*

　일본 정부의 가장 큰 판단 미스는 클리페움 데이의 침공을 테러로 판단했다는 점이다.

　그들은 1,000대의 페카드의 공격을 받으면서도 민간의 피해를 우려해 보유한 가장 강력한 공격수단인 항공 자위대를 전혀 움직이지 않았다.

　오판이 남긴 상처는 너무 컸다.

　일본이 자랑하는 북부방면대의 전력이 단 3시간 만에 1,000대의 페카드에 의해 녹아내린 것이다.

　도저히 전투라고 부를 수 없는 3시간이 자나자 일본은 정진용을 클리페움 데이에 넘기기로 결정했다.

　하지만 정진용을 넘기기로 하고서도 문제는 남아 있었다.

　"도대체 누구에게 넘기냐는 겁니까?"

　"당연히 클리페움 데이죠."

　"클리페움 데이의 교주인 김성준은 이번 사태의 배후가 자신의 일이 아니라고 했다면서요."

　"……."

　"페카드와 아이스박슨지 뭔지를 만들었다는 미래중공업은 뭐랍니까?"

"해상 자위대가 미래자동차의 자동차 운반선을 나포한 일을 들어 배상과 사과가 이루어지기 전에는 어떠한 질문에도 대답할 수 없답니다. 그리고 질문이 있으면 대한민국 정부를 통하랍니다."

황당한 일이다.

항복하고 싶어도 항복할 대상이 사라졌다.

"전부 헛소립니다. 이 일의 뒤에는 한국 정부가 있어요. 당연한 것 아닙니까? 한국 정부는 정치적인 책임을 질 필요가 없는 클리페움 데이의 뒤에 숨어서 일본을 공격하고 있는 겁니다."

이런 와중에도 페카드들은 공공기관에 한정되어 있던 목표물을 사회 기반시설로 넓혀가기 시작하고 있었다. 게다가 페카드들은 '실수'를 들어 일본 공업의 심장부인 게이힌 공업 지대를 유린하기 시작했다.

게이힌 공업 지대는 도쿄와 가나가와현, 사이타마현, 지바현에 걸쳐 있는 일본 최대의 공업 지대로 철강과 석유 화학 공업, 전기기기, 자동차 공업의 중심지다.

일본 전체 제품 출하액의 약 25퍼센트를 차지하는 케이힌 공업 지대가 타격을 입자 일본 정부는 급히 외무대신 마에하라 세이치를 한국으로 급파하기로 결정했다.

하지만 한국 외교 통상부는 전쟁 상태인 적국의 외무대신과는 할 이야기가 없다면서 입국 거부를 통보해왔다.

모두 해상 자위대의 대한민국 선적 화물선 나포로 촉발된 긴장으로 비롯된 상황이다. 입이 열 개 있어도 할 말이 없었던 마에하라 대신이지만 꼭 한국에 가야 했던 그는 한 가지 꼼수를 생각해냈다.

그는 괴멸적인 타격을 받아 형체가 사라져 버린 일본 언론사 대신 CNN을 비롯한 미국 언론사들을 대동하고 막힌 일본과 한국 간 항공편이 아닌 홍콩 경유 항공편으로 인천공항에 입국했다.

당연히 입국 심사관은 불편한 표정으로 마에하라 대신에게 입국을 거부했다.

그러자 마에하라 대신은 입국심사장 앞에서 농성에 들어갔다. 70이 넘은 일본 정치인이 입국을 요구하며 농성하는 장면이 CNN을 통해서 세계에 방송되었다.

그렇게 48시간이 지나자 여론을 의식한 한국 정부는 그와의 면담을 승인했다.

하지만 면담은 승인하면서도 면담 장소를 면세지역 내의 호텔로 한정했다.

마에하라 대신도 불만은 없었다.

그의 임무는 협상 상대를 한정짓는 것이었다. 그 점에서 그의 방한은 이미 절반의 성공을 거둔 셈이다.

한국 정부가 협상에 나선다는 자체로 로봇들의 뒤에 한국 정부가 있다는 사실이 기정사실화되는 것이고 그 사실은 CNN을 통해서 세상에 알려질 것이다.

그점을 노리고 요청한 CNN을 통한 생중계를 마에하라 본인 스스로도 놀랐을 만큼 대한민국 정부는 쉽게 수락했다.

'아직 조선은 멀었어. 역시 미개한 조센징일 뿐이야.'

자신이 노린 바대로 모든 일이 순조롭게 흘러가자 만족한 마에하라 대신은 이틀 동안 농성을 하느냐 더러워진 몸을 샤워로 씻어내고 대충 배를 채웠다. 그가 기력을 회복하자 협상 대상이 나타났다.

그리고 대상은 노회한 마에하라 대신으로서도 전혀 예상을 못했던 인물이었다.

"…당신은?"

마에하라 대신을 만나러 온 인물은 눈이 튀어나올 정도로 젊고 아름다운 여성이었다.

'정말 아름다운 여성이군. 내가 젊었을 때는 저런 아름다운 반도의 여인은 눈짓만으로도 내 것으로 만들 수 있었는데……. 그렇더라도 무례하군.'

관동군에 근무할 당시의 추억을 떠올리며 즐거워하던 것도 잠시 마에하라 대신의 표정이 굳었다.

이 자리에는 당연히 그와 같은 급인 외교통상부 장관이 있어야 했다. 국가 간의 외교에서는 결코 있어서는 안 되는 결례다.

그런 눈치를 챘는지 젊은 여성이 먼저 자기소개를 해왔다. 적대적인 한국의 공무원들의 태도와는 달리 그녀의 표정은 부드러웠고, 설명은 정중했다.

"전 국가정보원장 이세영입니다. 대화 내용이 내용인지라 제가 나왔습니다. 이해해 주시길 바라겠습니다."

"그러시군요. 전 일본국 외무대신 마에하라 세이치입니다. 너무 젊으시군요."

"호호, 그렇죠? 사실 제가 나이에 비해서 능력이 있답니다."

경박스럽다.

마에하라는 이세영에 대한 첫 평가를 그렇게 내렸다. 그렇다고 그런 내색을 할 마에하라는 아니다. 그는 정중하게 머리를 숙였다.

"솔직히 말하겠습니다. 미안합니다. 정진용을 받으시고 로봇들을 철수시켜주십시오."

"흠~! 왜 그래야 하죠?"

이세영이 손을 턱에 괴고 갸웃거렸다.

뜻밖의 반응에 마에하라의 언성이 높아졌다.

"왜 그래야 하죠라니요? 정진용을 잡기위해 로봇들이 도쿄

전역을 불바다로 만들고 있다는 사실을 부정하는 겁니까?”

“뭐~ 그런 일도 있다고 들었어요. 제 말씀은 대한민국이 왜 정진용을 돌려받아야하는 거예요.”

“당… 당연히……..”

뜻밖의 대답에 마에하라 대신은 당황했다. 그런 그의 얼굴을 정면으로 보면서 이세영은 말을 이어나갔다.

“일단 정진용은 스스로의 입으로 일본왕의 신민임을 주장했습니다. 그 순간 정진용은 한국인으로서의 모든 지위를 잃었지요. 그러니 그를 왜 한국으로 송환하겠다느니 전 이해할 수 없습니다.

“……”

그도 그렇다. 그를 귀화한 일본인으로 받아들인 이는 일본 자신이다.

하지만 이렇게 물러날 수는 없다.

마에하라 대신은 반론을 제기했다.

“정진용을 돌려받기 위해 100억 달러의 현상금을 건 매직 컴퍼니는 한국 기업 아닙니까? 그리고 일본에 정진용을 돌려받아 현상금을 받으려는 로봇들도 한국 종파인 클리페움 데이 소속입니다.”

“제가 들은 정보로는 그런 일이 없습니다. 그리고 사실이라고 하더라도 어디까지나 민간의 일이군요. 대한민국 정부가 개입할 문제가 아닙니다."

"얼토당토않은 말씀을 하시는군요. 그 정도의 군사 무기가 클리폐움 데이라는 일개 교단에 의해 만들어졌다는 사실을 믿으시라는 말입니까?"

"오호~! 잊으셨나 본데, 일본의 일개 교단에서도 샤린이란 독극물을 만들어 지하철에 살포하더군요. 또한 일제 강점기 시절 징용되어 일본의 기업에서 일한 한국인들이 제기한 손해배상 소송에서도 그것을 민간의 일이라 정부가 개입할 수 없다고 선언한 쪽은 일본 정부였죠. 무엇보다도 페카드는 전투용 무기가 아닙니다. 어디까지나 건설 장비이지요."

이세영은 오옴진리교가 저지른 지하철 독가스 살포의 예를 들어 마에하라 대신의 추궁을 피해갔다. 그리고 단지 피하는 정도가 아니라 일제 시대의 징용에 대한 일본 정부의 부도덕까지 꼬집고 나섰다.

이세영의 대꾸에 마에하라 대신의 얼굴이 파랗게 질린 것은 당연한 일이다.

그녀는 마에하라 대신의 얼굴을 잠시 즐기더니 한 권의 팸플릿을 꺼내들었다. 팸플릿의 겉장에는 마에하라 대신이 꼴도 보기 싫어 하는 페카드가 멋진 자세로 인쇄되어 있었다.

"이것은 미래중공업이 만든 페카드의 안내 팸플릿입니다. 내용을 보시면 페카드는 어디까지나 건설 기계로 개발된 제품입니다. 미래중공업에서는 아프리카의 건설사에 대량의 페카드를 판매했다고 설명했습니다. 밀림으로 뒤덮인 아프리카는 기존의 건설 장비보다 페카드가 월등히 효율이 높아서라더군요. 그리고 너무도 당연하게 미래중공업에서는 원하는 어느 기업이나 개인이라도 페카드를 판매할 것입니다. 여길 보시죠.”

마에하라 대신은 이세영이 내민 팸플릿을 받아들었다. 그리고 내용을 확인하기 시작했다.

이세영의 말이 맞았다.

마에하라 대신은 말문이 막혔다. 그래도 뭐라고 말을 꺼내야 했다.

“그렇지만…….”

“그렇지만이고 뭐고 마에하라 대신께서는 포클레인으로 관공서를 부쉈으니 포클레인이 전쟁 무기라는 말씀을 하고 계십니다. 전 도저히 동의할 수 없군요.”

가차없이 마에하라 대신의 말을 중간에서 끊은 이세영은 마지막 쐐기를 박았다.

마에하라 대신은 눈을 감았다. 철저한 패배였다.

‘지금까지 엉망진창이던 한국이 아니야. 실수였어.’

다시 눈을 뜨자 이세영이 눈이 부시도록 아름다운 미소를 짓고 있는 모습이 보였다. 하지만 그녀의 미소가 국가정보원

과 나데스 요원들에게는 어떻게 불리는지 마에하라 대신은
모르고 있었다.

국가정보원과 나데스 요원들은 이세영의 미소를 일컬어
'메두사의 미소'라고 불렀다.

그 미소를 보면 돌로 변한다는 그리스 신화 속의 메두사처
럼 이세영의 미소를 본 상대는 하나같이 주화입마에 걸린다
는 의미였다.

'이 양반아, 읽으려면 잘 읽어야지.'

팸플릿에 적힌 빼곡한 약관에는 돋보기를 들이대야 보일
만한 작은 글씨로 '당사의 기준에 부합하는' 이란 조건이 적
혀 있었다.

마에하라 대신은 한국에게 완벽하게 당했다는 사실을 인
정해야 했다.

그는 열심히 중계 중인 카메라를 노려보았다. 그의 승리와
한국 정부의 패배를 중계하기 위해 쓴 꼼수에 그대로 당할 판
이다.

달리 방법이 없다.

가장 강력한 적인 육상 자위대 북부방면대를 몰살시킨 페
카드들은 이제는 몇 대씩 분산해서 각 공업 지대에 흩어져 파
괴 활동을 하고 있었다. 일본이 그들을 몰아내기 위해서는 항
공 자위대의 폭격 이외에는 방법이 없다.

이대로 가면 일본은 스스로의 손으로 피땀 흘려 가꾼 공장들을 부숴야 할 판이다.

결국 그는 채면을 버렸다.

사죄를 하는 것은 돈이 드는 일이 아니다.

"미안합니다. 정말 미안합니다. 사죄를 하겠습니다. 제발 정진용을 받아주시고 폐카드들을 철수시켜주십시오."

"같은 말을 반복하게 하시는 군요. 정진용은 일본인입니다. 그것은 일본 정부가 보증한 일입니다. 정확히 말하자면 일본 정부가 아닌 일본국 국왕 아키히토가 승인한 일입니다. 그러므로 대한민국 정부는 정진용에 대한 어떠한 권리나 의무도 없음을 천명해둡니다. 따라서 일본은 대한민국에 사죄할 일도 배상할 일도 없습니다."

마지막 애원이 수포로 돌아갔다.

"그렇다면 클리페움 데이의 교주인 김성준을 만나게 해주십시오."

"광범위하고 철저한 조사에 의하면 김성준 씨는 이번 일에 아무런 관련이 없습니다. 한국 정부에서는 그가 원하지 않는 이상 면담을 주선할 수 없습니다. 그는 민간인이기 때문입니다. 그리고 이것을 조사 보고서입니다."

마에하라 대신은 이세영이 내민 한 장의 보고서를 받았다.

그 보고서에는 단 두 줄이 적혀 있었다.

─김성준은 일본 사태와 관련된 모든 관련사실을 부인했음.

─김성준의 표정은 진실해 보였음.

"……."

광범위하고 세밀한 조사란다. 표정이 진실해 보인단다.

진심으로 마에하라 대신은 기절할 지경이었다.

그는 마지막 힘을 쥐어짜 말했다.

"그럼 미래중공업 관계자를 만나게 해주십시오."

"무슨 일로 그러십니까? 혹시라도 페카드 판매에 대한 추궁이시라면……."

마에하라 대신의 요청에 이세영이 말꼬리를 흐렸다.

그러자 마에하라 대신은 얼른 말을 뒷말을 붙였다. 여기서 거부하면 아무것도 안 된다.

"인정합니다. 인정합니다. 페카드는 건설 장비가 분명합니다. 말씀하신대로 건설 장비를 전투 장비로 사용한 놈들이 나쁜 놈들이지요."

이세영은 CNN의 카메라를 흘낏 바라보았다.

아찔한 그녀의 미소에 카메라맨이 흠칫했다. 찰 수 있는 마법 액세서리를 모조리 걸친 이세영의 미모는 그만큼 가공할 만한 것이었다.

실시간으로 방송을 보고 있던 시청자들도 이세영에게 빠져들었다. 그리고 일본을 비난했다.

방송 시작과 함께 개설된 이세영 팬카페의 회원숫자가 만 명을 돌파했다.

"미래중공업 관계자에게 요청할 것이 있습니다."

"무엇입니까?"

"페카드를 사고 싶습니다. 그것도 대량으로 최대한 빠르게 사고 싶습니다."

페카드가 건설 기계면 사면된다. 사서 개조해서 클리페움데이의 페카드를 몰아내면 된다. 일본의 기술이라면 얼마든지 가능하다.

마에하라 대신의 생각이었다.

하지만 그의 생각은 바로 부정되었다.

"정말 일본은 웃기는 나라군요."

"무슨 그런 폭언을?"

"그렇지 않습니까? 지금 한국과 일본은 전쟁 상태입니다. 정확히 말하자면 일방적인 일본의 도발이 지속되고 있는 중이지요. 마에하라 대신은 제주도 남방 공해상에서 대한민국 선적의 화물선들을 나포하고 있는 일본 해상 자위대의 행위가 '친목' 이라고 주장하시는 겁니까?"

"……"

"정말 뻔뻔하기기 이를 데 없는 나라군요, 일본은……. 그리고 대한민국 정부는 페카드가 기존의 개발 목적과는 달리 무기로 전용될 수 있다는 점을 깊이 인식하고 있습니다. 그래서 동일 사태의 재발을 막기 위한 방편으로 페카드의 수출을 전면금지하는 내용의 법안을 바로 어! 제! 통과시켰습니다."

이세영은 고개를 돌려 CNN의 카메라를 바라보았다.

"잘 알려진 바와 같이 대한민국은 5,000년의 유구한 역사를 자랑하는 나라입니다. 평화를 사랑하는 대한민국은 그 기간 동안 10,000여 번에 걸친 외적의 침략을 받으면서도 평화를 사랑하는 국민성을 버리지 않고 간직해 왔습니다. 대한민국의 건국 이념은 홍익인간(弘益人間)입니다. 이 말은 널리 인간을 이롭게 하라라는 숭고한 의미를 가지고 있습니다."

이세영은 북받쳐 오르는 감정을 참지 못하고 눈물을 흘렸다.

언제나 어디서나 동서고금을 막론하고 미녀의 눈물은 효과가 있다. 그녀가 눈물을 흘리자 방송을 보고 있는 전 세계의 남성들이 동시에 한숨을 쉬었다.

그들은 모두 대한민국, 아니, 이세영의 편이었다.

눈물을 훔친 이세영이 말을 이어나갔다.

"일본의 침략으로부터 비롯된 분단의 아픔과 폐허를 딛고 일어서서 세계 10대 교역국이 된 지금 대한민국은 그 이상을 펼치고 있습니다. 클리페움 데이와 미래그룹, 삼송그룹, 매직 컴퍼니가 아프리카에서 펼치고 있는 구호사업을 상기해주십시오. 대한민국은 항상 그래왔듯이 국제평화에 누가 되는 행동을 하지 않을 것입니다. 대한민국 동쪽에 있는 섬나라에 사는 뻔뻔한 민족과는 다르게 말입니다. 이것이 페카드의 국외 판매를 금지하게 된 배경입니다.”

“…….”

졌다.

마에하라 대신은 패배를 인정했다. 진실이 어떠하냐는 것은 중요하지 않다.

명분 싸움에서 이길 수 없는 싸움이다. 게다가 아찔한 미녀의 눈물은 언제나 진실이다.

그는 카메라의 퇴장을 요청했다. 그리고 이세영에게 진실된 회담을 요청했다.

사실 일본을 유린하고 있는 페카드들의 뒤에 대한민국이 있다는 사실을 모를 사람이 누가 있겠는가.

먼저 말을 꺼낸 사람은 마에하라 대신이었다.

“원하는 바를 말하십시오.”

“일본이 대한민국의 영토인 대마도를 불법으로 강점하고 있다는 사실을 인정하십시오. 단! 반환 요구는 하지 않겠습니다. 점유에 의한 영유권을 인정하겠다는 말입니다. 21세기에 영토 획득은 코미디지요. 같은 이유로 일본은 독도에 대한 그 어떠한 역사적, 지리학적 영유권도 없다는 것을 천명하십시오. 솔직히 말하죠. 당신은 관동군 출신입니다. 그리고 독도가 대한민국 영토라는 사실을 알고 있습니다. 아닙니까?”

“…….”

이세영의 말은 명분을 가지겠다는 의미였다.

마에하라 대신은 고개를 끄덕였다. 하루하루 일본은 망해 가고 있었다. 명분에서 깨진 이상 실리라도 챙겨야 했다.

그리고 이세영의 말처럼 독도는 어차피 일본 것이 아니었다.

전권대사는 아니지만 이 조건이 일본 각의에서 받아들여지는 데는 별문제가 없었다.

무엇보다도 날마다 박살 나는 공장들의 주인 중에는 각의를 구성하고 있는 인물도 있었다.

“일본 덕분에 대한민국은 눈뜨고 간도를 잃어 버렸습니다. 속 시원하게 발표하십시오. 간도는 대한민국의 적법한 영토라구요.”

“…….”

이것도 문제가 없다.

말뿐 아닌가? 힘을 얻으면 부인하면 그만이다.

창피? 국가 간의 이해가 첨예한 외교전쟁에서 창피는 사치다. 힘이 바로 정의인 곳이 외교다.

"그리고 그 개새끼. 쩝, 죄송합니다. 생각만 해도 화가 나는 군요. 한 인물을 넘겨주십시오."

"누구입니까?"

"도모히토(寬仁)라는 놈입니다. 그놈이 조선왕이라면서요? 참 일본도 불쌍합니다. 언제까지 과거의 잘못을 뉘우치지 않고 버틸 겁니까?"

생각할 것도 없다.

도모히토는 역모를 꾀한 죄인이다.

"조선왕이란 이야기는 처음 듣지만 비밀로 해준다는 조건 하에 승낙합니다. 혹시라도 그의 존재가 세간에 알려지거나, 발언을 흘리거나 하면 일본은 대한민국이 그를 납치한 것이라고 주장하겠습니다."

"상관없습니다. 자칭 조선왕의 얼굴이 어떻게 생겼는지 보고 그 개자식을 지하 토굴에 가둬서 자신이 배설한 똥을 먹일 것이니까요."

저렇게 아름다운 여성의 입에서 흘러나오는 말이라고는 상상도 하기 힘든 폭언이 쏟아졌다.

"아무리 그래도……."

"사기(史記)에 보면 여후가 유방이 죽은 후 그가 가장 사랑했던 척씨를 가두는 묘사가 있습니다. 혹시 아십니까?"

"……"

물론 안다. 끔찍한 내용이다. 마에하라 대신은 느닷없는 이세영의 말이 가진 의미를 깨달았다.

"여후는 척씨의 눈을 뽑고, 손과 발을 모두 잘라서 돼지우리에 처박고 그 모습을 즐겼다 합니다. 꼭 저의 심정이 그렇습니다. 제가 사랑하는 대한민국을 더럽힌 놈이 바로 도모히토 아닙니까?"

마에하라 대신은 고개를 끄덕였다.

도모히토는 내가 아니다. 그가 받을 고통은 나의 것이 아니다.

그리고 그가 희생함으로서 일본이 살아난다.

소수를 희생함으로서 전체를 유지하는 일본 사회의 추악한 단면이다. 그리고 그것이 일본인들의 정신을 지배하는 화(和)의 실체다.

마에하라 대신은 의외로 담담하게 대답했다.

"끝입니까?"

"마지막입니다. 그리고 일왕 아키히토가 대한민국으로 와서 광화문 앞에 무릎 꿇고 일본이 지은 죄에 대해서 사죄하십시오. 방법은 오체투지로 100번입니다."

"안 됩니다. 절대 안 됩니다. 차라리 돈을, 금전적인 배상을……"

격렬한 반응에 이세영이 코웃음을 쳤다.

"그것은 당신의 의견인가요? 아니면 일왕의 의견인가요? 고작 절 100번과 일본이 농경 사회로 돌아가는 것. 둘 중에 어느 것을 택하느냐 하는 결정은 당신의 몫이 아니에요."

이세영은 자리를 박차고 일어났다.

그리고 말했다.

"계속해보죠. 당신은 당신의 선택에 책임질 각오를 해야 할 거예요."

그것으로 회담은 끝이 났다.

일본 정부는 다음날 스스로 피해를 주기 두려워 사용하지 않고 있던 항공 자위대의 전투기를 출동시켰다.

전투기들은 미리 파악한 페카드들을 대상으로 폭탄을 투하했다.

그리고 그 순간 이후 일본의 하늘에 일장기를 단 전투기가 다시금 하늘을 나는 일은 없었다.

창과 방패가 전부 사라진 일본은 벌거벗은 상태였다. 게다가 페카드들은 이제는 노골적으로 산업 시설을 노렸다.

일본 정부는 다시금 마에하라 대신을 한국으로 급파했다.

더 이상 버틸 힘도, 의지도 없었다.

다시금 얼굴을 맞댄 이세영에게 마에하라 대신은 항복을 선언했다.

"모든 조건을 다 수용하겠습니다. 제발 저 저주받은 악마의 로봇들을 일본 땅에서 치워주십시오."

"이제라도 현명한 결정을 하셨다니 다행입니다. 하지만 먼저 일본이 해야 할 일이 있지요?"

"뭡니까?"

"말로는 무슨 말을 못하겠습니까? 하지만 먼저 조건들을 이행하셔야 할 것 아닙니까?"

이세영이 비웃듯 말했다.

마에하라 대신은 이 모든 일이 업보라고 생각했다.

얼마 전 생중계된 회담의 결과로 세계에서 가장 섹시한 여성으로 뽑힌 이 여인은 말 한마디, 행동 하나까지 모두 트집을 잡고 있다.

마치 조선의 왕이었던 고종과 순종 그리고 그 일족에게 일본이 그랬던 것처럼 말이다.

"당장 발표하고 도모히토 친황도 비밀리에 한국으로 보내겠습니다."

"어허~ 친황이라니요? 그것 먹는 건가요? 우적우적?"

"아~ 아닙니다. 도모히토도 비밀리에 보내겠습니다. 다만……."

"다만이라니요?"

"천황 폐하의……."

“쯔읍~!”

“아키히토 왕의 방한은 페카드가 사라진 후로 시기를 조율했으면 합니다. 당장은 곤란합니다.”

이번 회담의 내용은 문서로 남기지 않는 다는 것이 약속이었다. 그러니 더욱 그랬다.

이 여성, 아니 대한민국의 약속을 어떻게 믿는다는 말인가.

사실 대한민국에서 들어주지 않으면 방법이 없다. 여성의 말처럼 일본은 하루하루 농경 사회로 돌아가고 있는 중이었다. 물론 억지라는 것은 안다. 그래도 관철시켜야 했다. 블러핑을 통해서라도 말이다.

다행스럽게도 마에하라 대신은 다년간의 외교활동으로 단련된 실력 좋은 겜블러였다.

“이일이 관철되지 않으면 일본은 절대로 굴복하지 않을 것입니다.”

마에하라 대신 자신도 믿기 어려웠지만 블러핑이 통했다.

이세영은 마에하라 대신의 표정을 유심히 쳐다보더니 말했다.

“좋아요, 먼저 세 가지 조건을 들어주면 페카드는 철수시키지요. 대신을 믿습니다.”

마에하라 대신은 안도의 한숨을 쉬었다.

블러핑이 통했다.

일본에게 필요한 것은 시간이다.

마에하라 대신은 극비리에 만들고 있는 원자폭탄을 떠올렸다.

천황이 미개한 반도에 와서 고개를 조아릴 일은 결단코 없을 것이다. 천황이 반도에 오는 경우는 단 한가지다.

바로 지배자로서다.

비록 반도가 다시는 인간이 살 수 없는 방사능에 뒤덮인 불모지로 변하더라도 절대 변하지 않을 진실이었다.

나카소네 총리가 한국에게 사죄 담화를 한다는 소식이 전해졌다. 한국인들의 이목은 온통 텔레비전으로 쏠렸다.

해상 자위대의 봉쇄로 인해 다소간의 어려움은 겪고 있었지만 국민들의 표정은 밝았다.

그도 그럴 것이 한국인들은 일본의 불행을 마음껏 만끽하고 있었다. 그야말로 앓던 이가 쏙 뽑힐 정도의 시원함이다.

한국과 일본은 거의 모든 생산품이 경쟁 관계에 있다. 당연히 한국인들은 일본 공업 시설에 불이 날 때마다 즐거워했다.

화면에 비친 나카소네 총리는 특유의 자신만만함이 사라진 초췌한 모습이었다.

그는 손에 들린 담화문을 기계적으로 읽어나갔다.

-일본은 지금까지 세계 평화에 이바지하고자 노력해왔습니다. 그러한 노력의 일환으로 일본은 낙후된 제3세계를 위한 공적개발원조(ODA) 예산을 전 세계가 극심한 경제 불황을 겪고 있는 올해에도 1조9천억 엔을 편성해서 집행하고 있습니다.

일본이 이런 거금을 공적개발원조란 명목으로 사용하는 것은 모두가 과거의 일본이 저질렀던 불행한 과거에 대한 반성의 산물입니다.

그런 의미에서 일본은 수 년간에 걸쳐 역대 수상들의 담화를 통해 주변국가에 대한 통렬한 반성을 누차 언급한 사실을 기억하시리라 믿습니다.

하지만 그런 일본의 노력에도 불구하고 잘못 기록되거나 일부 일본인들의 무지에서 비롯된 사실로 인해 주변 국가가 고통받고 있다는 사실을 알게 되었습니다.

그래서 다음과 같이 바로잡습니다.

이하의 내용은 전적으로 일본국 정부의 공식 성명이며 수정될 수 없는 확고한 사실입니다.

1. 대마도는 국제법상 일본의 영토입니다. 이 사실은 결코 변할 수 없습니다. 다만 일본은 대마도가 역사적으로나 지리적으로 대한민국의 영토였음을 인정합니다. 그리고 일본이 과거 한때 불행했던 시기에 대마도를 불법으로 침탈했음을

인정합니다. 하지만 그런 사실은 대마도가 일본의 영토임을 부정하지는 못합니다.

1. 같은 이유로 일본은 독도에 대한 그 어떠한 역사적, 지리학적 영유권도 없다는 것을 천명합니다. 독도의 영유권을 주장하는 지금까지의 주장은 개인적 견해거나 잘못된 정보로 인한 오해가 불러온 해프닝에 지나지 않습니다. 지금까지 잘못된 주장으로 인해 고통받아 온 대한민국 국민들에게 심심한 사죄를 보내는 바입니다.

1. 만주의 간도는 조선의 합법적인 영토입니다. 단지 만주국을 세우는 과정에서 일본에 의해 강제적으로 편입된 사실이 있습니다. 타국의 영토를 강압적으로 편입하고 또 중국에 넘긴 일은 역사의 아픔입니다. 다시는 이러한 불행한 사태가 벌어져서는 안 된다는 것이 일관된 일본 정부의 견해입니다.

간도에 대한 모든 역사적 진실이 담긴 문서는 모두 대한민국 정부에 즉시 전달하겠습니다.

일본은 간도 문제 현재 간도를 실질적으로 점유하고 있는 중국과 일본에 의해 영토를 빼앗긴 대한민국 사이에서 원만하게 해결되기를 기원합니다. 일본 정부도 양국 간의 대화에 책임있는 자세로 참여할 것을 선언합니다.

이상과 같이 과거의 불행했던 한 시점에 벌어진 일들은 모두 일본에 의해 저질러진 것입니다.

다시 한 번 통석의 념을 금치 못하며 이후 일본은 세계 평화 질서에 책임있는 국가로 남을 것을 선언합니다.

감사합니다.

한국인들은 환호성을 질렀다. 이번기회에 일본을 정벌하자는 주장을 하는 급진론자도 있었고, 일본과 같은 국가가 되면 안 된다는 신중론자도 있었다.

그런 한국인 중에서도 남다른 감회에 빠진 이들이 있었다.

무혁에 의해 졸지에 대한제국의 적통을 이은 왕과 공주가 된 이석과 그의 딸들이다. 그들은 아침에 눈을 뜰 때마다 그들이 겪고 있는 것이 현실이라는 사실을 깨닫기 위해 허벅지를 꼬집곤 했다.

"아바마마! 이 모두가 열성조의 도우심입니다."

"그렇습니다, 아바마마."

"공주들도 그렇게 생각하는가?"

"그렇사옵니다. 아바마마."

무혁은 다른 입헌군주제 국가의 왕가와는 다른 의미의 상징만을 가지고 있는 왕실을 부활시켰다. 그리고 막대한 지원을 아끼지 않았다. 그의 주장은 이랬다.

"없었던 것을 새로 만드는 일은 힘들다. 하지만 있었던 것의 주인이 바뀌는 일은 그다지 어렵지 않다.”

덕분에 왕이 된 이석은 고종황제의 둘째 아들인 의친왕 이
강공의 11번째 아들이다. 물론 다른 후보도 있었지만 무혁은
국내에 거주하는 유일한 황손이라는 이유 하나만으로 그를
왕으로 추대했다.

공주들이라 불린 여인들의 이름은 이홍과 이진이다.

무혁은 둘 중에서 첫째인 이홍을 제쳐두고 이진을 왕위 계
승자로 삼았다. 이홍이 황실의 자손이라는 사실을 부각하고
연예생활을 했다는 사실이 마음에 들지 않아서다.

그런 반면에 이진은 진취적이었고 고루한 황실법도에 얽
매이지 않는 젊은 여성이었다. 그리고 무엇보다 아름다웠다.

무엇보다 중요한 사실은 이홍은 이미 결혼을 한 상태고 이
진은 미혼이라는 사실이었다. 이점은 무혁에게 있어서 매우
중요했다.

이석에게는 한 명의 아들도 있었지만 무혁은 그를 황실에
들이지 않았다.

대신 막대한 돈을 안겨주고 외국으로 쫓아 보냈다.

잠재적인 경쟁자를 효과적으로 사라지게 한 것이다.

“길우영 대통령의 이야기에 따르면 며칠 후 일본에서 조선
왕을 자처하던 도모히토란 사람이 한국으로 잡혀온다고 하더

구나."

이석은 자신이 꼭두각시임을 알고 있었다. 그는 일거수일
투족을 감시받고 있었고, 자신의 위치가 어디까지나 실질적
인 주인인 무혁에게 왕좌를 물려주는 역할이라는 것도 이해
했다.

그래도 기뻤다.

대통령 길우영은 국가의 중대사가 있을 때마다 자신을 찾
아와서 친절하게 설명을 했고, 의견을 물어왔다.

'진이가 황후가 된다면 그것으로 족하지. 이 황가는 이미
100년 전 정기가 말랐음이야.'

이석은 무혁이 얼마나 무서운 인물인지 알고 있었다.

그래서 자신이 살아 있는 동안은 왕의 지위를 인정해주겠
다는 무혁의 약속이 지켜지기만을 진심으로 바라고 있었다.

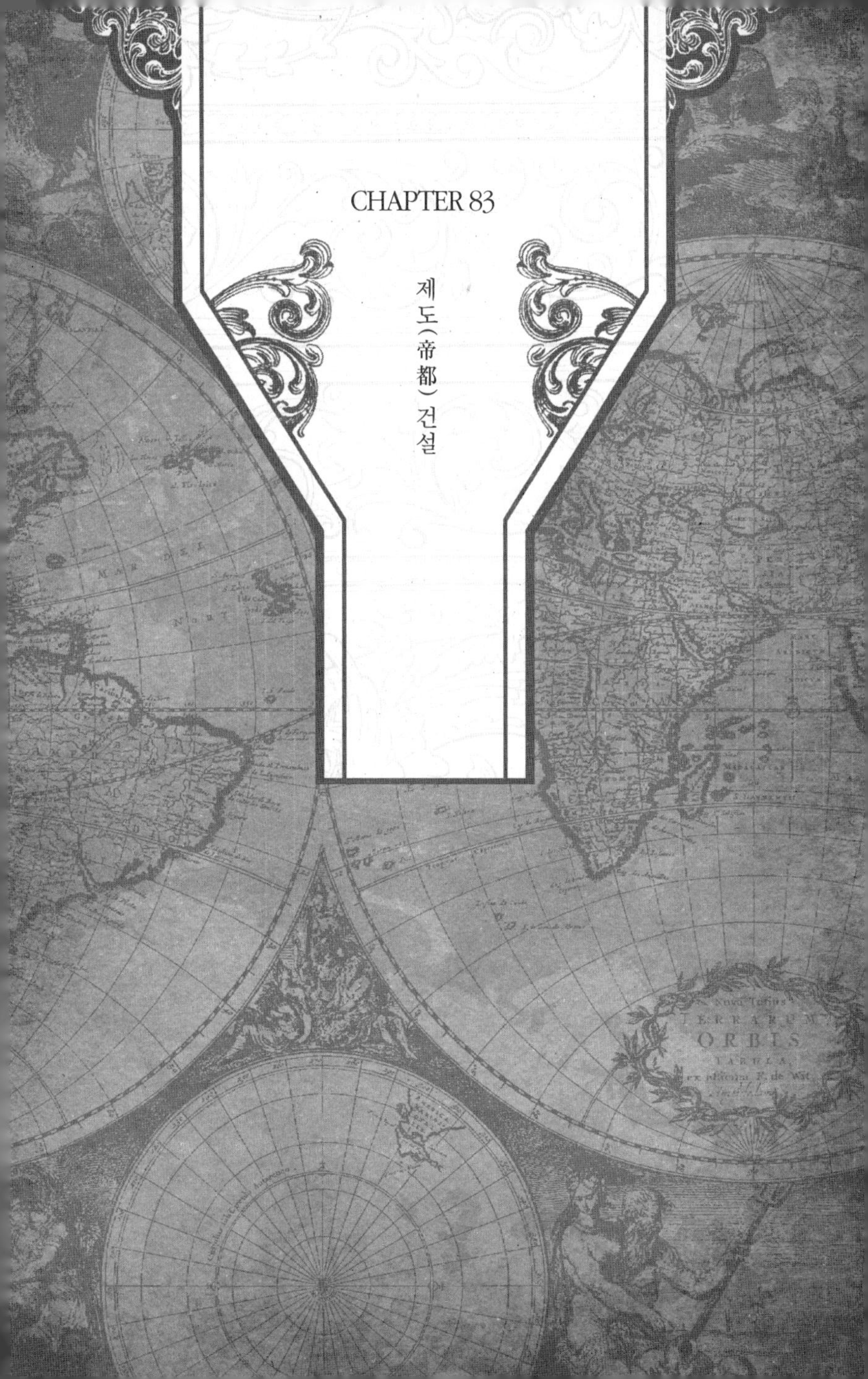

CHAPTER 83

제도(帝都) 건설

　알마즈백 키르기스스탄 대통령은 자신이 중대한 선택의 기로에 놓여 있다는 사실을 깨달았다.

　'이들은 키르기스스탄 전체를 원하고 있어.'

　생각에 잠긴 알마즈백 대통령의 대답을 기다리고 있는 사람은 나타샤였다.

　'떨려, 내가 대통령이 되다니…….'

　나타샤는 떨리는 마음을 애써 진정시켰다.

　"추디노프 수상, 당신의 결심이 진심입니까?"

　질문을 받은 추디노프 수상의 고개가 망설임없이 빠르게

끄덕여졌다. 그의 고개가 끄덕여지는 속도만큼이나 결심도 확고해 보였다.

"그렇게 합시다. 당원들의 의사는 물어봐야겠지만……."

결국 알마즈백 대통령도 나타샤의 대선 출마를 승낙했다.

당원투표가 요식 행위에 지나지 않는다는 사실을 그도 모르지는 않았다. 이미 유력한 차기 대선주자였던 추디노프 수상까지 구워삶은 이들이다.

모르긴 몰라도 당원들도 모두 나타샤의 편일 것이다.

결정된 이상 나타샤의 승리는 사실상 확정된 것이나 다름없다.

시골의 가난한 집에서 태어난 여인 나타샤!

타국으로 떠나 갖은 고난과 역경을 헤치고 대한민국 대통령의 영부인이 된 나타샤!

성공하고서도 고국을 잊지 않고 돌아와 대규모의 투자를 유치한 나타샤!

클리페움 데이 교단을 통해 많은 병원과 재단을 건설해서 국민들의 아픔을 살펴준 나타샤!

일거리가 없어 방황하던 젊은이들에게 일자리를 준 나타샤!

무엇보다도 사탄을 무찌른 천사가 함께하는 나타샤!

키르기스스탄 국민들의 나타샤에 대한 지지는 확고했다.

기왕 이렇게 된 일 충분한 대가를 받아내면 된다는 생각이 들었다.

그리고 지금까지 매직 컴퍼니는 단 한 번도 예상보다 작은 금액을 건넨 적이 없었다.

그가 결심을 이야기하자 추디노프 수상이 빙긋 웃었다.

알마즈백 대통령은 문득 추디노프 수상이 받을 돈과 자신이 받을 돈 중 어느 쪽이 더 많을지가 궁금해졌다.

하지만 어차피 금액은 별 상관이 없다는 생각이 들었다.

어느 쪽이든 삼대가 물 쓰듯이 써도 줄어들지 않을 만큼의 거액이란 사실에는 변함이 없기 때문이다.

대선은 예상대로 나타샤의 압승으로 끝났다.

나타샤의 취임식은 성대하게 치러졌다. 역사상 유일한 두 나라에 걸친 대통령 부부의 탄생이다.

나타샤의 대통령 취임식과 함께 그동안 건설 중이던 매직 컴퍼니의 키르기스스탄 공장도 준공되었다.

공장의 준공식은 초대된 나타샤 대통령을 비롯한 키르기스스탄 정부 인사와 나타샤의 취임식에 맞춰 방문한 길우영 대통령을 비롯한 대한민국 정부 인사들의 참석으로 성황리에 치러졌다.

"아무리 보아도 제약 공장으로는 느껴지지 않습니다."

"정말 그래요. 오히려 중세의 모습을 그대로 간직한 유럽의 중소 도시 느낌이 더 들어요."

길우영 대통령과 나타샤 대통령은 연신 감탄사를 내뱉었다.

두 사람의 말처럼 맑은 이식쿨 호숫가에 자리한 공장은 하얀 벽돌과 붉은 기와지붕으로 이루어진 중세의 도시를 연상시켰다.

민유린은 두 사람의 칭찬이 마음에 들었는지 활짝 웃었다.

"이제 시작이에요. 공장의 뒤쪽으로는 베르사이유 궁전보다 화려하고 장중한 성이 들어설 예정이에요."

"성이라고요?"

"그래요, 성! 이곳에서 무혁 씨가 세상을 다스릴 거예요. 당연히 그 위상과 위치에 맞는 성이 있어야죠."

"……."

성이란 말에 되묻던 나타샤가 입을 다물었다.

역시 민유린은 스케일부터가 보통 사람과는 확연히 다른 여자였다.

게다가 민유린은 이곳을 단순히 잘 꾸며진 중세 마을을 목표로 건설한 것이 아니었다. 그녀의 궁극적인 목표는 제국 수도의 건설이었다.

그 일환으로 민유린은 전 세계 유명 레스토랑과 식당 요리

사들을 막대한 돈을 주고 초빙해서 식당을 열게 했다.

민유린의 욕심은 요리사들에서 멈추지 않았다.

그녀는 헤르메스나 샤넬, 루이비통, 브리오니, 스테파노리치, 키톤 등의 초 명품을 만드는 패션 잡화 장인들도 초빙했다.

그리고 카르티에, 티파니, 불가리등의 보석장인들도 모아 들였다.

게다가 모여든 장인 중에는 프라우를 비롯한 명품 가구 회사 소속의 장인들과 각종 악기를 만드는 장인들도 포함되어 있었다.

심지어는 영국의 수제 명차인 롤스로이스와 벤틀리, 그리고 최고의 명품 튜닝카를 만드는 만소리사 장인들의 모습도 보였다.

마을 전체를 채우고 있는 식당과 공방들을 보고 나타샤가 혀를 찼다. 겉으로 보기에는 조그만 마을 상점이지만 이곳을 지키는 장인들은 모두 세계 최고의 실력자들이다. 솔직히 말해 아무리 돈이 많다고 해도 이 정도면 돈지랄이다.

"이렇게 모아 들여서 뭐하시게요? 당장 어디서나 살 수 있는 물건들이잖아요."

나타샤의 질문에 민유린의 대답은 확고했다.

"제국의 수도에 누구나 살 수 있는 허접스런 공산품이 굴러다니는 것은 볼 수 없어요. 음식을 예로 들죠. 이곳 식당에서 쓰이는 치즈들은 모두 오스트리아 최고의 목동이 키운 젖소에서 나온 우유로 스위스 최고의 치즈 장인이 만드는 물건이에요. 당연해요. 이곳은 황제가 머무는 제도(帝都)이니까요."

터무니없는 자신감이다. 하지만 나타샤는 그런 민유린이 존경스러웠다. 그리고 제도의 최상층부를 이루는 인물이 된 자신과 길우영이 대견했다.

나타샤는 파리의 오페라좌나 이탈리아의 오페라좌보다 규모나 화려함 면에서 월등히 앞서는 극장들을 바라보았다. 민유린은 예술에도 신경을 썼다. 그녀는 현대 자본주의 사회에서는 결코 건설될 수 없는 화려한 극장과 공연시설을 건설했다. 그리고 시설에 걸맞은 예술가들도 초빙하고 있었다.

"그럼 생산시설은 어디에 있어요? 이곳에서 생산될 물건이 한두 가지가 아니잖아요."

기가 질린 나타샤의 질문에 민유린은 빙긋 웃으며 손가락으로 땅을 가리켰다.

민유린이 가리킨 땅에는 잘 다듬은 화강암이 시멘트 블록 대신 단정하게 깔려 있었다.

"지하군요?"

"그래요. 지하예요. 무혁 씨가 이곳의 땅속에 광대한 규모의 지하 공간을 만들었어요. 지상 공간은 제도의 첫 번째 주민이 될 직원을 위한 주택과 편의시설이죠."

측근들의 대화를 듣고 있던 무혁이 만족스러운 미소를 지었다. 민유린의 말처럼 이곳은 자신이 건설한 대제국의 수도가 될 장소였다.

그래서 명칭은 공장이지만 지상의 모든 시설은 향후 제국의 수도라는 위상에 걸맞게 건설되고 있었다.

그리고 민유린의 설명처럼 모든 마법물품 생산시설은 무혁이 심혈을 기울여 만든 지하 던전에 자리 잡았다.

지하 공장에서는 대한민국에서 생산되는 힐링포션을 비롯한 거의 모든 마법물품들이 생산될 예정이었다.

연계된 포털망으로 인해서 기초 부품의 수급은 관세나 통관 문제가 전혀 없었다.

연회장에서 열린 호화로운 만찬이 끝나자 무혁과 측근들은 별도의 방에 따로 자리 잡았다.

갓 뽑은 더블 에스프레소 한 잔을 마신 무혁이 먼저 입을 열었다.

"그동안 수고 많으셨습니다. 여러분의 노력으로 우리의 목표가 한층 가까워졌습니다."

"먼저 제도의 이름을 정해야 하지 않겠습니까?"

"그것도 좋은 생각이군요. 다들 의견을 말해보세요."

"저희의 생각이 무슨 필요가 있겠습니까? 주인님의 뜻대로 하십시오."

"전 아스란 시가 좋습니다. 다른 의견이 없으면 아스란 시로 정하겠습니다."

측근들은 무혁이 아스란이란 이름에 대해 각별한 애정을 가지고 있다는 사실에 의아해했다. 아스란 섬, 아스란 미사일, 이번에는 아스란 시다. 하지만 그들은 잠자코 무혁의 의견에 찬성했다. 누가 뭐래도 이곳은 무혁의 것이었고 무혁은 세계의 지배자가 될 사람이었다.

"가까운 곳부터 살펴보지요. 일단 키르기스스탄의 상황은요?"

"모든 상황은 긍정적입니다."

나타샤가 대답했다. 직책이 사람을 만드는 것인지 늘 가벼워 보였던 나타샤에게도 관록이 엿보였다.

무혁은 가장 신경 쓰이던 사항을 물었다.

"좋은 일이군요. 미군 기지는 어떻게 됐습니까?"

"마나스 공군기지는 폐쇄 수순을 밟고 있습니다. 장비는 모두 철수했고, 시설은 철거 단계입니다. 단지 미군 측에서 대한민국 정부를 통해 사용기간 연장을 요청하고 있는 상황입니다."

"대한민국을 통해서요?"

"아무래도 저와 남편과의 관계 때문이지요."

나타샤가 길우영을 쳐다보며 대답했다. 그러자 길우영이 무혁에게 말했다.

"나타샤의 맞습니다. 외교 경로로 지속적으로 압박을 가해오고 있습니다. 일본 문제도 있고 해서 미국 국무부의 어조가 강경합니다."

"흠, 당분간은 무시하세요. 그리고 일본 문제는 조금 이따 이야기하기로 하고……."

"키르기스스탄은 완벽하게 무혁님의 것입니다. 군과 경찰, 종교계, 일반 국민들 할 것 없이 저에게 매우 호의적입니다. 건설 중인 리조트가 완성되고 본격적인 고용이 시작되면 상황은 더욱 좋아질 것입니다."

"나타샤가 앞으로도 수고해주세요. 그럼 일본으로 가봅시다."

"성전사단의 투입으로 궁지에 몰린 일본은 핵무장을 감행하고 있습니다. 원자폭탄을 건너뛰고 원자폭탄을 개발하는 단계입니다."

"원자폭탄이라면 플루토늄이 필요할 텐데 핵확산 방지조약(NPT:nuclear nonproliferation treaty)에 가입되어 있는 일본이 플루토늄 추출이 가능합니까?"

"일본은 현재 몬쥬의 고속 증식로에서 사용한다는 이유를 들어 약 44톤의 플루토늄을 보유하고 있는 중입니다.”

“허~”

“개놈들……”

“하여튼 쪽발이들은 안 돼.”

“플루토늄은 1g만으로 100만 명 살상이 가능하며, 0.00001g만 흡입해도 폐암이 발병한다는 방사선 물질 아닙니까?”

좌중에서 탄식과 욕설이 터져 나왔다.

일본에 대해 무혁에게 보고하고 있던 이세영은 잘못된 상식을 바로잡을 필요가 있음을 느꼈다.

불필요한 공포는 대책에 아무런 도움이 되지 않기 때문이다.

“원자폭탄의 원료로 사용되는 플루토늄은 사실 알려진 바와 같이 심한 독성은 없습니다. 플루토늄은 알파 입자 방출체로서 체내에 흡수되지 않는 한 아무런 해도 줄 수 없습니다. 그리고 플루토늄을 섭취한다고 하더라도 소화가 되지 않고 대부분이 바로 배설되기 때문에 인체에 미치는 영향이 매우 낮습니다. 다만 미세한 분진 상태로 흡입하였을 경우 인체에 가장 큰 영향을 줄 수 있는데, 1그램의 미세한 플루토늄 분진을 인체의 폐 속에 분산시켰을 경우 약 44만5천 건의 종양이 발생합니다. 하지만 상식적으로 생각했을 때, 모든 사람들의 폐 속에 플루토늄 분진을 균일하게 분산시키는 것은 불가능합니다. 코헨 교수의 계산 결과에 의하면 도심 한가운데서 플루토늄 분진 1㎏을 살포하였을 경우 예상 사망자 수는 60명에 불과합니다.”

이세영의 설명을 들은 민유린이 말했다.

“역시 문제는 원자폭탄이겠군요.”

“맞습니다. 일왕 아키히토와 나카소네 총리는 패닉상태입니다. 하루에 일본 총 공업 생산량의 1%가 사라지고 있는 상황이니 그럴 만도 합니다.”

“원자폭탄의 목표는 당연히 대한민국이겠네요.”

“자기 나라에 원자폭탄을 떨어뜨릴 만큼 멍청하지는 않을 테니까요. 지금까지 수집된 정보로는 서울을 포함한 6대 광역시를 목표로 삼고 있습니다.”

“무혁 씨, 어떻게 하실 생각이죠? 기존 계획대로?”

민유린의 질문에 무혁이 고개를 끄덕였다.

경제 전문가들이 4조3890억에 달하던 일본의 GDP가 반토막 났다는 분석 결과를 앞다투어 내놓고 있을 만큼 일본이 성전사단에 입은 피해는 막대했다.

“하지만 멀었어. 일본은 농경 사회가 되어야 해. 미국의 맥아더가 이차 대전 이후 꿈꿨던 바로 그 상태대로 말이야.”

“그럼 일단 성전사단을 철수시키겠습니다. 그리고 일본이

원자폭탄을 완성시키고 발사하는 타이밍에 다시 진입시키는
것으로 하겠습니다."

"그때는 대한민국의 지상군도 투입하세요."

"알겠습니다."

이세영이 고개를 끄덕였다.

"중국을 봅시다. 어떤가요?"

"조세 회피지역에 세운 페이퍼 컴퍼니를 통해서 실시하고
있는 주가 조작과 환율 개입이 성공을 거두고 있습니다. 그리
고 아프리카에서 실시하고 있는 자원조이기도 가시적인 성과
를 보이고 있습니다. 그 덕분에 중국은 6개월 동안 물가가 무
려 12%가 폭등한 상태입니다. 게다가 티베트 문제가 해결 기
미를 보이지 않고 있어서 혼란은 가중되고 있습니다."

무혁은 중국이 더욱더 혼란 상태에 빠지질 원했다. 역사를
돌이켜 봤을 때 중국이 통일되면 항상 그 힘을 한반도로 투사
하는 경향이 강했다.

게다가 중국은 너무나 많은 자원을 너무 빨리 비효율적으
로 소모하고 있었다. 그래서 무혁은 중국을 농경 지역과 공업
지역으로 나누어 분리시킬 요량이었다. 물론 궁극적으로는
무혁의 손아귀에 들어올 것이긴 했지만 말이다.

"중국 지도부는 어떻게 하고 있습니까?"

"서로 책임을 떠넘기느냐 정신이 없습니다. 하지만 그런

정치놀음과는 별도로 티베트를 독립시킬 생각은 전혀 없는 것 같습니다. 오히려 티베트 독립군이 차지하고 있는 미사일 기지에 대해서 핵공격을 하자는 방향으로 의견이 모아지는 상태입니다."

"이제 북한을 봅시다. 중국은 북한이 책임져야 합니다."

무혁의 질문에 대답한 사람은 북한의 실질적인 지배자인 채인호다.

"먼저 북한 주민들의 반응부터 말씀드리겠습니다. 군축으로 인한 비용의 감소와 대폭 확대된 개성공단에서 들어오는 자금으로 식량 사정은 고비를 넘겼습니다. 다만 수십 년간 무차별적으로 사용된 화학비료의 영향으로 지력이 매우 쇠약한 상태라 최소한 몇 년간은 외부로부터 식량이 공급되어야 합니다."

"군사 분야는 어떻게 진행되고 있습니까?"

"대폭적인 군축으로 재래식 전력은 거의 모두 해체된 상태입니다. 대신 개성공단에서 생산중인 프로텍터와 건블레이드의 보급은 완료 단계입니다."

무혁은 119만의 북한군 대부분을 나이와 경력을 고려해 40만 명 규모로 대폭 축소시켰다.

그리고 최초의 마법 무기 군단으로 재편성하고 있었다.

"다만 아직까지 아이스박스와 페카드의 공급이 원활하지

못해서 이동과 화력에 문제가 있습니다."

"미래중공업에서 노력하고 있으니 그 문제는 곧 해결될 것입니다. 장비가 공급되면 바로 실전에 사용할 수 있도록 미리미리 조종사를 양성하는데 신경을 써주세요."

"알겠습니다, 주인님."

"자~ 다음은 미국인가요? 의외로 미국이 잠잠하네요."

이번에 대답한 사람은 길우영 대통령이다. 그는 미국의 압력에 날마다 시달리고 있었다.

"그렇습니다. 매직 컴퍼니에서 약속한 힐링포션 생산 공장의 이전과 미래중공업에서 약속한 중력 차단장치의 기술 이전 덕분입니다. 하지만 미국에서는 지속적으로 페카드의 라이선스 생산을 요구하고 있습니다."

"욕심이 많군요. 뭐든지 약속해주세요. 우리에게 필요한 것은 단지 시간입니다. 한국군과 북한군이 완벽하게 무장을 갖출 때까지 미국이 개입하는 것을 늦추기만 하면 됩니다."

무혁이 대응할 수 없는 1,000㎞ 밖에서 수천 발 단위의 미사일을 동시에 쏘아 보낼 수 있는 미군은 두려운 존재다. 지상전 능력이 절름발이나 다름없고, 자국 내라는 약점 때문에 가용할 수 있는 무력에 제약을 받았던 일본과는 달리 미군은 전 세계 어디나 막강한 화력을 투사할 수 있다.

"아시다시피 우리의 방공 능력은 아직 초보 수준입니다.

국방과학기술연구원과 함께 개발 중인 추진시스템이 완성되지 않으면 미군의 파상공세를 막아낼 수 없습니다.”

아스란 1, 2, 3호 미사일의 약점, 아니, 마법으로 하늘을 나는 모든 비행체의 약점은 속도다. 무혁은 그런 약점은 브링크 마법으로 보완하고 있기는 하지만 어디까지나 임시방편적인 요소가 강했다.

특히 미국이 보유하고 있는 강력한 탄도탄 전력을 막아내기 위해서는 아스란 시리즈 미사일의 개량이 필수였다.

결국 무혁은 추진 속도를 높이기 위해 기존 미사일에서 사용되는 로켓 모터를 함께 사용하는 방법을 모색하고 있는 중이었다.

“이제 마지막이군요. 아프리카의 상황은요?”

“콩고를 중심으로 안정되게 교세를 넓혀가고 있습니다.”

“다행입니다. 다른 문제는요?”

무혁이 가장 고심한 지역이 아프리카였다. 아프리카라는 지역은 수백 년 동안 백인들에 의해 처절한 수탈을 경험한 지역이다. 그래서인지 타 인종을 쉽게 받아들이지 못했다.

그러한 경향은 몇 년 전부터 무차별적인 자원 강탈에 나선 중국으로 인해 더욱 심화되었다.

중국은 아프리카 각국의 정부에게 자원의 반대급부로 각종 사회기반시설 건설을 약속했다. 백인들에게 수탈당했던 정부들은 중국의 투자를 기쁘게 받아들였다.

하지만 중국은 건설 작업에 투입되는 인부 대부분을 중국 인으로 채웠다. 실제로 아프리카인에게는 별다른 도움이 되 지 않는 건설 사업이 된 것이다.

게다가 중국인 특유의 오만함도 큰 몫을 했다.

중국인들은 아프리카인들을 함부로 다루고 경멸했다.

그런 와중에서 진출을 시작한 클리페움 데이와 대한민국 기업들은 그들로 하여금 경계의 눈빛을 거두지 못하게 하기 충분했다.

하지만 언제나 진심을 통하는 법이다.

목숨을 바쳐 가난하고 굶주리고 병진자들에게 헌신적으로 봉사를 하는 클리페움 데이와 어떠한 불법이나 착취를 하지 않는 대한민국 기업들에게 아프리카인들은 조금씩 마음을 열 고 있었다. 그리고 그 이면에는 한국인 특유의 정(情)이 많은 위력을 발휘하고 있기도 했다.

그래도 아직 갈 길은 멀었다.

단순히 배고픔과 병마를 달래주는 것으로는 그동안 숱한 수탈을 경험한 아프리카인들을 어루만져 주기에는 턱없이 부 족한 상황이었다.

그래서인지 김성준의 말투는 매우 조심스러웠다.

"일부 토착화된 기독교나 이슬람교와의 마찰이 있기는 하지만 주인님이 보내주신 ‘악마’ 덕분에 큰 문제는 없습니다.”

“악마들의 컨트롤은 잘되고 있습니까?”

“사제들이 심혈을 기울이고 있습니다. 달리 큰 문제는 없습니다.”

무혁은 아프리카 곳곳에 자신이 만든 키메라인 ‘악마’를 풀어놓았다. 악마들은 오지들을 중심으로 출몰하면서 원주민들의 불안감을 증폭시켰다.

그들이 믿고 있는 토착화된 카톨릭 교회들은 악마의 존재를 부정함으로서 원주민들의 불안감을 희석시키려했지만 소용이 없었다.

악마들은 아랑곳하지 않고 오히려 교회를 공격했다.

교회의 요청에 출동한 군이나 경찰들로서도 속수무책이었다. 악마를 본 사람은 많았지만 군이나 경찰은 악마의 그림자도 보지 못하고 철수했다.

그런 상황에서 나타난 이들이 클리페움 데이의 사제들이었다.

사제들은 원주민들의 모아놓고 때마침 나타난 악마를 무찔렀다.

클리페움 데이 사제들이 밝은 빛에 휩싸여 악마를 불덩어리로 만드는 모습을 목격한 원주민들은 지금까지의 신앙을

버리고 새로운 종교에 귀의했다.

그런 식의 일이 아프리카 전역에서 벌어졌다.

그리고 그에 비례해서 클리페움 데이의 세력은 기하급수적으로 커져만 가고 있었다.

김성준의 설명을 들은 무혁은 고개를 끄덕여 만족감을 표했다.

그리고 유난히 표정이 어두운 김진수의 얼굴을 잠시 바라본 다음 물었다.

"사라진 사제는 어떻게 되었습니까?"

"박규리 사제입니다. 그게……."

김성준은 김진수의 일그러진 표정을 보며 말꼬리를 흐렸다.

김진수의 애인이었던 박규리는 유물의 문화재청 기증 당시 흔적도 없이 사라졌었다.

"제가 말씀드릴게요."

곤욕스러워하는 김성준을 대신해서 나선 이는 이세영이다.

"기록에 의하면 박규리는 미국으로 출국했어요. 그리고 미국 도착 이후의 행적은 묘연합니다. 정보 누수에 대해 대책이 필요합니다."

"미국이라……."

안 좋은 소식이다.

아니라면 좋겠지만 박규리가 미국의 스파이라는 최악의 상황도 감수해야 했다.

"요원 몇 명을 급파해서 그녀의 흔적을 뒤쫓고는 있지만 큰 기대는 안하시는 것이 좋을 듯합니다. 물론 무혁 씨가 직접 나선다면 별문제겠지만요."

이세영의 말처럼 무혁이 미국에 간다면 박규리를 찾을 수 있다. 하지만 무혁은 그렇게 한가하지 않았다.

"형! 괜찮아?"

"으~ 으응! 괜찮아. 신경 쓰지 마라."

말은 그렇게 하지만 김진수의 얼굴을 일그러져 있었다. 그동안 사라진 박규리를 찾기 위해서 그가 기울인 노력은 눈물겨운 것이었다. 그런데 이제 와서 박규리가 미국의 스파이일 가능성이 대두되었다.

무혁은 잠자코 김진수의 어깨를 두들겨주었다.

노총각의 슬픈 사랑이 파국으로 끝나는 것을 보는 것은 절대로 즐거운 일이 아니다.

그래도 일은 일이다. 세계를 정복하겠다는 '악당' 일동이 사랑 따위에 눈물 흘려서 뭘 할 수 있겠는가.

"거제도의 일은 어떻게 진행되고 있어?"

"어~? 어엉, 거북선 프로젝트. 잘 되고 있어. 네가 마지막 마법진 점검만 해주면 시운전을 할 수 있을 거야."

무혁은 드워프 당과 함께 거제도의 삼송 조선소에서 한 가지 거대 프로젝트를 진행 중이었다.

"알았어. 여기 일도 마무리되었으니, 일본의 처리가 끝나면 바로 내려갈게."

"웅!"

김진수의 대답을 들은 무혁은 좌중을 둘러보았다.

"우리의 목표까지는 절반 정도 왔습니다. 여기서 우리가 어떻게 하느냐가 대업의 성공 여부를 결정합니다. 지금까지도 잘해주셨지만 앞으로도 최선을 다해주길 바랍니다."

"알겠습니다, 주인님!"

"걱정마요, 무혁 씨."

"무혁님……."

"충성을 다하겠습니다, 주인님."

좌중은 진심을 담아 무혁의 말에 대답했다. 그들은 대한민국을 장악했고, 일본을 무너뜨리고 있었다. 그리고 북한을 손아귀에 넣었고 키르기스스탄도 집어삼켰다.

처음에는 꿈과 같은 목표였지만 이제는 세계정복이란 목표가 손에 잡힐 듯 아른거리는 지점까지 온 것이다.

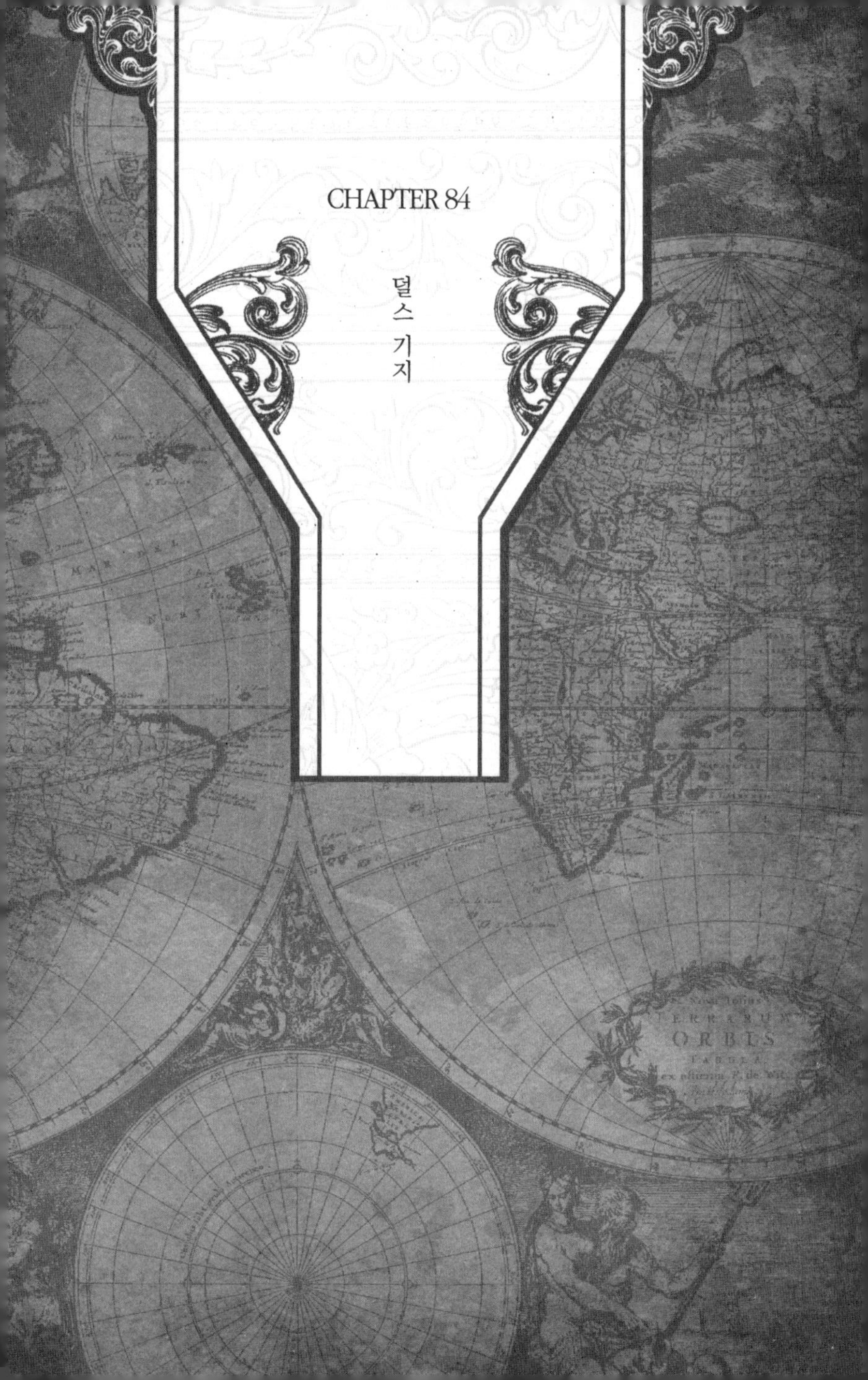

CHAPTER 84

덜스 기지

Nova Totius
TERRARU
ORBIS
TABULA,
ex officina F. de W.

헤르메스 주교, 즉 마이크로소프트사의 창업자 빌 게이츠는 하얀 우주복과 같은 슈트를 입은 병사의 뒤를 따라 엘리베이터에 올랐다.

그의 뒤를 이어 두 명의 병사가 엘리베이터에 탑승했다. 그들은 엄숙한 표정으로 총구를 자신에게 겨누고 있었다.

그런 상황에서도 빌 게이츠의 표정은 담담했다. 아니 오히려 흥분해 있는 것처럼 보였다.

빌 게이츠는 진동으로 엘리베이터가 작동을 시작했음을 느낄 수 있었다. 엘리베이터에는 높이나 깊이를 알 수 있는 어떠한 표시도 나타나지 않았지만 그는 이 엘리베이터가 무려 2.5마일, 즉 지하 4km 아래로 자신을 데려다 주고 있음을 알고 있었다.

무려 8번의 엘리베이터를 갈아탄 후 마지막 엘리베이터에서 내린 빌 게이츠를 환영한 것은 자신을 겨누고 있는 거대한 포신들이었다. 두께가 수 미터는 됨직한 강철로 만든 벙커에서 삐쭉삐쭉 솟아나온 포신들은 이곳이 어떤 시설인지를 온몸으로 웅변하고 있는 것처럼 보였다.

빌 게이츠는 이곳이 지상에서의 침입을 막기 위한 장소라는 사실을 잘 안다. 지하 4km 깊이의 이곳에는 수백 대의 최신형 전차들과 차량들이 초대하지 않는 손님의 방문을 거부하고 있었다.

병사들은 그를 창고와 각종 주변시설과의 연결되는 지하 셔틀의 발착역으로 쓰이는 2층을 지나 3층으로 안내했다.

3층 입구에서 그를 이곳까지 안내 겸 감시하던 병사들은 돌아갔다. 선택되지 않은 인간이 갈 수 있는 곳은 지하 2층까지였다.

밀폐된 방에 들어간 빌 게이츠는 옷을 모두 벗어던졌다. 그리고 홍체 검사와 DNA 검사를 비롯한 각종 신원 확인 절차를 거치고 마지막으로 알몸 상태에서 몸무게를 쟀다. 완료를 알리는 빨간불이 켜지자 그는 지퍼가 달린 회백색의 점프 슈트로 갈아입었다.

만일 빌 게이츠의 몸무게가 기록보다 1.36kg 이상 상이하면 이방은 치명적인 독가스로 가득찰 것이다.

빌 게이츠가 와 있는 지하 공간은 뉴멕시코주에 있는 덜스 비밀기지(Dulce Secret Underground Base)이다.

이곳은 냉전 시절 초자연적인 인간 연구, 즉 정신감응, 마인드 컨트롤, 세뇌, 최면, 원거리 투시력, 유체이탈, 동면 등을 연구하기 위해 극비리에 만들어진 시설이다.

빌 게이츠는 지하 4층과 5층에 집중되어 있는 연구 시설을 지나 지하 6층으로 향했다.

이곳은 일명 악몽의 홀(Nightmare Hall)로 불리는 유전자 실험실이다. 빌게이츠의 표정이 어두워졌다.

청년 시절, 처음 이곳에 초대되었을 때부터 그는 이곳을 좋아하지 않았다. 빌 게이츠는 유리원통 속의 액체에 담겨 있는 팔과 다리가 여러 개 달린 인간들과 날개가 달린 인간들의 사이로 빠르게 걸음을 옮겼다.

6층을 빠르게 벗어난 빌 게이츠는 드디어 목적지인 덜스 기지 최하층부인 7층에 도착했다.

그곳에서 그는 자신의 영원한 주인인 유다를 만날 예정이었다. 그리고 자신이 유다의 명을 얼마나 성실하게 이행했는지 증명할 것이다.

　　　　　*　　　　　*　　　　　*

　유다는 수십 년 전 추락 사건을 겪은 이후 비행기를 신뢰하지 않았다. 그리고 무엇보다도 비행기를 타고 하늘을 나는 동안에는 그가 그렇게도 저주해 마지않은 신에게 벌거벗겨졌다는 느낌을 싫어 했다.

　그래서 그는 지구의 지하에 오랜 세월에 걸쳐 광대한 규모로 지하 터널망을 건설했다.

　진공으로 보호되는 지하 터널망을 주파하는 지하철의 속도는 무려 마하 2.0으로 한 시간에 2,448km를 주파하는 속도다.

　이 속도는 그가 거주하고 있는 잘스브르크에서 파리와 런던, 뉴욕에 있는 중간 기착지를 지나 뉴멕시코 덜스 기지까지의 9,400여 km를 단 4시간 이하로 이동하게 만들어준다.

　유난히 지하를 좋아하는 유다는 이런 지하 터널망을 이동하길 즐겨 했고, 덕분에 세계 주요 도시는 이곳과 같은 터널망으로 연결되어 있는 상태였다.

　기차에서 내린 유다를 맞이한 사람은 빌 게이츠다. 그는 유다를 보자마자 머리를 바닥에 대고 경의를 표했다.

　그리고 일어나서 유다를 바라보았다.

'괴물 같으니, 일전에 봤을 때보다 훨씬 젊어졌잖아. 나보다 더 젊어 보여.'

빌 게이츠의 생각처럼 유다의 겉모습은 놀랄 만큼 변해있었다. 굽어있던 허리는 꼿꼿하게 펴졌고, 호호백발이던 머리카락도 검은 머리와 백발이 보기 좋게 섞여 있었다.

무엇보다도 놀라운 사실은 그의 얼굴이었다.

유다의 정체를 모르는 사람이 봤다면 유다를 결코 40대 이상으로 보지 않을 만큼 그의 얼굴은 확연히 젊음을 되찾고 있었다.

그래서인지 유다는 자신감 넘치는 얼굴로 빌 게이츠 뒤에 도열해 있는 회백색 슈츠를 입은 젊은이들을 바라보았다.

"3억의 미국인들을 모두 조사해서 200명을 찾아냈습니다. 너무 어린아이와 나이 먹은 사람들은 제외한 숫자입니다."

소개를 하는 빌 게이츠의 목소리에 자신감이 넘쳤다.

유다와 같은 형질의 유전자를 가진 사람을 찾기 위해 그는 전재산의 절반을 기부했다. 그리고 그 기부로 만들어진 재단을 바탕으로 DNA 수집에 나섰다. 그 결과가 바로 200명의 젊은이인 것이다.

"수고했다, 헤르메스 주교."

"감… 감사합니다. 인간의 지배자이시여."

빌 게이츠의 허리가 다시금 굽혀졌다. 인류 역사에 있어서 유다의 감사를 받은 인간은 한 다스도 안 될 것이 분명했다.

'조금만 노력하면 나도……'

히틀러처럼 영생을 얻을 수 있다. 빌 게이츠는 감격하고 또 감격했다.

빌 게이츠와는 다른 방식으로 유다도 격동하고 있었다.

자신과 유전자가 같다는 젊은이들은 분명 그의 일족의 핏줄을 이어받은 이들이 분명했다.

유다가 예수를 금화 30닢에 팔아치운 후 그의 일족이 받은 박해를 무릅쓰고 살아남은 소수의 일족이 끈질기게 목숨을 부지한 결과다.

이제 그는 자신이 힐링포션으로 얻은 힘을 그들에게 줄 것이다. 그것이 인간의 도리다. 하늘에서 지상을 내려다보는 신 나부랭이 따위가 결코 느낄 수 없는 인간의 감정인 것이다.

빌 게이츠가 고개를 끄덕이자 200명 중에 한 명이 앞으로 나섰다. 그리고 외쳤다.

"일동 차렷! 인간의 지배자께 경례"

"충성!"

"충성!"

"충성!"

만족스럽다. 유다는 기쁨의 미소를 지었다. 그리고 말했다.

"너희들은 신을 비웃을 수 있는 능력을 가지게 될 것이다. 그리고 인간과 신 위에 군림하는 천족으로서 세상을 오시할 것이다."

"와~!"

"만세~!"

"유다님께 충성을~!"

젊은이들은 환호했다. 자신들은 선택된 인간이다. 그들은 그런 감정이 주는 쾌감을 마음껏 음미했다.

7층에 마련된 유다 전용 방에서 빌 게이츠는 다시 한 번 유다에게 고개를 숙였다.

"노고에 수고가 많으셨습니다. 놀라운 모습이십니다."

"하하, 자네가 보기에도 그런가?"

"그렇습니다. 젊음이 유다님에게 다시 깃든 것 같습니다."

"그래, 내가 젊음을 되찾았다는 사실은 신이 내게 내린 저주가 사라졌다는 걸 의미하지. 인간의 승리야."

"천부당만부당하십니다. 그 누가 있어 유다님을 인간의 범주에 넣겠습니까? 유다님은 신과 인간을 뛰어넘은 존재이십니다."

마이크로소프트사가 성공을 거둔 이면에는 빌 게이츠의 천재적인 프로그래밍 능력이 아니라 그의 뛰어난 영업능력이 큰 부분을 차지하고 있다는 이야기가 있다.

이 자리에서 빌 게이츠는 그런 루머가 진실임을 여실히 증명하고 있는 중이었다.

그런 사실을 모를 리 없는 노회한 유다지만 빌 게이츠의 사탕발림이 듣기 좋았다.

칭찬은 고래도 춤추게 한다. 하물며 아부는 돌부처도 왈츠를 추게 하는 마력이 있다.

잠시 빌 게이츠의 아부가 주는 달콤함을 즐기던 유다가 입을 열었다.

"그건 그렇고 힐링포션을 개발한 매직 컴퍼니에 대한 사실을 알아냈다고?"

"그렇습니다. 지배자시여. 한국에서 튀어나오고 있는 기괴한 제품들의 뒤에는 매직 컴퍼니의 실질적인 소유주인 문무혁이란 남자가 있습니다."

"문무혁이라……."

"정보를 가져온 인물이 대기하고 있습니다. 아무래도 직접 들으심이 좋을 듯합니다."

"그렇게 하지."

잠시 후 유다 앞에 불려온 인물은 박규리였다.

그녀의 얼굴은 지하 공간을 비추고 있는 형광등 불빛 때문인지 하얗게 질려 있었다.

"제자가 주교님을 뵙습니다."

"그래, 너의 진정한 주인은 여기 계신 유다님이시다. 네가 아스란 섬에서 보고 들은 모든 것을 이분께 거짓없이 고하거라."

박규리는 유다의 모습을 살폈다.

헤르메스 주교에게 미리 들은 바에 의하면 자신이 만나고 있는 남성은 예수를 직접 목격한 유일한 인류다.

그리고 아이러니하게도 박규리가 믿고 있는 하나님과 예수가 진실한 존재임을 증명하는 증거나 다름없다.

유다는 곱슬머리에 검은 피부를 가지고 있다는 점을 빼면 어디서나 볼 수 있는 흔한 얼굴을 가진 남자다.

'백인은 아닌 것 같고 아랍계?'

그런 판단도 무리는 아니다.

세상에 알려진 예수의 모습은 언제나 백인 남성의 얼굴을 하고 있다. 하지만 예수가 태어나고 살았던 베들레헴과 나사렛이 있는 곳은 중동의 일부다. 당연히 예수는 금발의 백인 남자일 수 없는 것이다. 같은 이유로 성모 마리아가 백인 금발 여성인 것도 백인 우월주의가 낳은 역사적 오류일 뿐이다.

하지만 그 사실을 공론화시키는 사람은 없다.

흑인인 조지 스톨링스(George Augustus Stallings, Jr.) 대주교 같은 사람들은 실제 예수는 아시아―아프리카계 유태인임에도 불구하고 유럽의 예술가들과 교회에서 자신들과 같은 백인으로 왜곡시켰다고 주장했다가 로마 교황청으로부터 파문 당하기도 했다.

이제 박규리는 예수가 곱슬머리와 검은 피부를 가진 남자였다는 사실을 목격한 몇 안 되는 사람 중 한 명이 된 것이다.

"제가 아스란 섬에 들어가게 된 것은 여기 계신 헤르메스 주교님의 명령을 받고 대한민국에서 벌어진 기적을 조사하기 위해 클리페움 데이에 잠입한 것이 계기가 되었습니다."

김성준의 기적 이야기를 들었을 때 가장 궁금해 했던 사람은 다름 아닌 유다 본인이다. 유다는 인간이기를 원했던 사람이고 자신의 주장을 관철하기 위해 무려 2,000년이 넘는 세월 동안 신에 대항해왔다.

동양의 작은 나라에서 예수가 했던 기적이 재현되었다는 소식을 들었을 때 유다는 조사와 말살이라는 두 가지 기로에 서야 했다.

결국 유다는 조사를 택했지만 그가 말살을 택했다면 어쩌면 대한민국은 이미 지상에 존재하지 않는 나라가 되었을지도 모르는 일이다.

"클리페움 데이에서 사제직을 서품받은 저는 우연한 기회에 매직 컴퍼니가 자리 잡은 아스란 섬이란 곳으로 들어갈 수 있었습니다. 그곳에서 제가 본 것들을 어떻게 설명할 수 있을까요. 사람이 빛을 내뿜어 바위를 자르고, 아무것도 달지 않은 컨테이너가 허공에 두둥실 떠올랐습니다. 영화에서나 보던 로봇이 만들어지고 기사들은 검은 갑옷을 입은 채 로봇에 올라 지축을 흔들었습니다.”

“기사들?”

이어지는 박규리의 증언을 유다가 끊었다. 기사라는 단어가 그의 주의를 자극했던 것이다.

박규리는 말의 내용과는 어울리지 않은 담담한 어조로 말을 이어나갔다.

“그렇습니다. 지배자시여. 아스란 섬에는 블랙 와이번 기사단과 화이트 와이번 기사단이란 조직이 있습니다. 그리고 그 조직에 속한 이들을 기사라고 부릅니다. 그들은 문무혁에게 충성하고 아녀자와 약자를 보호하는 데 목숨을 바치기로 서약한 인물들입니다.”

“중세의 기사들과 같은 의미인 것 같군.”

유다는 기사라는 개념이 마음에 들었다. 그리고 200명의 젊은이들을 현대의 기사로 만들기로 결정했다.

더불어 이런 멋진 아이디어를 생각해낸 문무혁이란 남자에 대한 호기심이 더욱 커졌다.

이미 박규리가 목격한 모든 것들이 가능한 이유를 유다는 알고 있었다. 바로 자신의 심장을 감싸고 돌고 있는 고리들이 그런 기적과 같은 일들을 만들어 낸다. 그의 심장을 돌고 있는 고리의 개수는 7개이다. 그리고 얼마 후면 8개가 되리라는 확신도 있었다.

그렇더라도 의문은 남아 있다.

문무혁이 이런 힘을 가지게 되었는지가 궁금한 것은 아니다. 힘은 유다도 가졌으니 문무혁도 어떤 계기로든지 가질 수도 있다.

유다가 진심으로 궁금한 것은 어떻게 문무혁이 힘을 사용하는 방법을 알아냈느냐하는 점이다.

스스로의 의지로 고리를 작동시키는 자신과는 달리 문무혁은 사물에 그 힘을 부여하는 방법을 알고 있었다.

바로 그 점이 유다가 미국으로 하여금 대한민국과 일본과의 전쟁에 나서지 못하게 한 이유다.

그가 보기에 일본을 유린하는 힘은 자신이 가진 것과 같은 힘이었고, 그 힘을 자신과는 다른 방식으로 사용하고 있었다.

힘의 작동 방식을 알기 위해서는 최대한 많은 정보가 필요했고, 미래중공업이 제공하기로 한 중력 차단장치와 페카드는 그의 그런 의문을 채워줄 수 있을 것이었다.

'전부 너로부터 시작된 것이구나. 그렇다면 예수도…….
나아가서 신도 너처럼 힘을 사용하는 방식을 깨달은 인간들일지도 모르겠다.'

유다는 2,000년을 살아온 연륜과 경험으로 진실을 꿰뚫어

보았다.

"페카드라고 했느냐? 로봇의 이름이?"

"그렇습니다, 지배자시여."

"그리고 네가 페카드를 설계한 이와 깊은 관계라고?"

박규리의 입술이 부르르 떨렸다. 그녀의 조그만 손도 굳게 쥐어졌다.

"말씀하신 대로입니다. 전 비밀을 알아내기 위해 김진수란 남자와 깊은 관계를 가졌습니다. 창녀와도 같은 행동이지만 어디까지나 헤르메스 주교님의 지시를 수행하고자 하는 의도였습니다."

"너를 탓하자는 의도가 아니다. 너의 충성심은 충분히 나의 자비를 받을 만하다. 다만 내가 궁금해하는 점은 그 로봇이 어떻게 작동하느냐 하는 점이다."

일본에서 수거된 파괴된 페카드는 미국으로 옮겨졌다. 그리고 미국 최고 과학자들의 손에 들어가 분자 단위로 발가벗겨졌다.

분석이 끝나고 참여했던 과학자들은 한 가지 결론에 도달했다. 그들이 내린 결론은 일본 소니의 박사가 내렸던 결론과 정확히 일치했다.

"이건 로봇이 아냐. 그저 쇠로 만든 꼭두각시 인형일 뿐이라고."

　로봇 내부에 새겨진 수천 개의 기묘한 동심원 문양들은 해독이 불가능했다. 그리고 동심원에 새겨진 문자들도 역시 지구상에 존재하는 어떤 문자와도 닮지 않았다.

　마찬가지로 동심원 곳곳에 박혀 있는 자수정들의 사용처도 불명이었다.

　유다는 자신도 모르게 손바닥을 비볐다.

　"안 돼!"

　그리고 스스로 소리치며 비비던 손바닥을 아래로 내렸다.

　"네? 무슨 말씀이신지……."

　"아니다. 계속하거라."

　의아해하는 박규리의 말을 무시한 유다는 스스로를 질책했다.

　'멍청한 놈, 2,000년이 넘도록 그 버릇을 못 고치다니…….'

　베드로를 비롯한 예수의 13인의 제자들에게 유다는 언제나 경원시되는 인물이었다. 그 이유는 단 한 가지 유다가 말을 할 때 자신도 모르게 취하는 버릇인 손바닥 비비기 때문이었다.

　제자들은 그런 행동을 하는 유다를 아첨꾼으로 매도했다.

　모두가 예수에게 가장 사랑받던 유다를 질투하는 행동이

었지만 그럴 의도가 전혀 없었던 유다에게는 견디기 힘든 고난이었다.

결국 유다는 자신을 괴롭히는 제자들에게 복수하기로 결심했다. 제자들의 가장 소중한 것을 영원히 빼앗는 방식으로 말이다.

예수의 죽음이 유다의 손바닥을 비비는 버릇에서 시작된 것이라는 사실은 오직 유다만이 알고 있는 비밀이었다.

"페카드가 움직이는 것은 모두 그들이 '마법진'이라고 부르는 문양 때문입니다. 그들은 '마나'라는 힘을 '마나석'이라고 부르는 자수정에 담아 마법진에 주입합니다. 그러면 마법진은 각자 미리 정해진 방식으로 페카드를 움직이는 것입니다. 마법진은 불을 내뿜는 것도 있고, 포탄을 막아내고 하늘을 나는 것도 있다고 들었습니다."

"그랬구나. 그랬어."

드디어 비밀이 풀렸다.

작동 메커니즘을 알면 현대의 슈퍼컴퓨터로 마법진을 해독하는 일은 그리 어려운 일이 아니었다.

"헤르메스 주교, 일본에서 가져온 페카드가 여기 있었지?"

"그렇습니다. 지배자시여. 분석을 마치고 2층 창고에 보관 중입니다."

"가지, 어서 가자고……."

빌 게이츠는 급히 걸음을 옮기는 유다를 놀란 눈으로 바라보았다. 그는 유다가 서두르는 모습을 단 한 번도 본 적이 없었다. 그도 그럴 것이 유다가 가진 가장 큰 힘은 시간이었기 때문이다.

유다와 빌 게이츠가 떠난 방에 덩그러니 남겨진 박규리는 비로소 눈물을 흘리기 시작했다.

그녀는 하나님과 예수를 믿으며 살아왔다.

그리고 감사하게도 그녀가 믿던 하나님과 예수의 존재를 증명하는 인물을 만났다.

하지만 유다는 신에 대적하는 존재다.

'살기 위해서는……. 살아서 죄를 빌어야 해.'

도무지 어찌할 수 없는 모순적인 상황에 빠지자 비로소 그녀는 자신이 얼마나 김진수를 사랑했는지 깨달았다.

'신도 유다도 상관없어. 난 진수 씨가 필요할 뿐이야.'

박규리는 김진수에게 잘못을 빌기로 결심했다. 그러려면 어떻게든 살아남아야 했다.

박규리는 흘러내리는 눈물을 닦아내고 일어섰다.

*   *   *

사진과 영상으로는 봤지만 유다가 페카드를 실제로 본 것은 이번이 처음이다.

실제로 본 페카드는 사진속의 모습보다 월등히 아름답고, 위압적이었다.

유다는 이런 물건을 만들어낸 문무혁이란 남자에게 질투를 느꼈다.

자신은 신에게 대항하기 위해 2,000년을 아등바등 살아왔는데 문무혁은 겨우 몇 년 만에 신의 비밀을 알고 적용하고 있다.

유다는 언제 마지막으로 느꼈는지도 가물거리는 질투심을 애써 억누르고 페카드에 다가갔다.

박규리의 말대로 페카드의 내부에는 수천 개의 동심원들이 각각의 문양을 그리면서 빼곡히 새겨져 있었다.

한참을 페카드를 살피던 유다는 한 가지 결심을 했다.

그리고 그 결심을 실천에 옮겼다.

"지배자시여, 위험합니다."

빌 게이츠가 페카드 안으로 기어들어가는 유다를 보고 기겁을 했다. 페카드의 비밀이 밝혀지지 않았다고 해서 이 로봇이 저지른 파괴 행위마저 부정되는 것은 아니다.

CNN을 통해서 생중계된 일본 육상자위대 북부방면대와 페카드 간의 전투는 역사상 최고의 시청률을 올렸고, 지금 미국에서는 돈을 싸들고 미래자동차의 대리점으로 달려가 페카드를 팔라고 외치는 시민들로 한가득이었다.

빌 게이츠의 말을 무시한 유다는 척추가 부서져 조금은 불편한 조종석에 앉았다.

그리고 시동키를 삽입하는 곳으로 추정되는 구멍에 대고 조심스럽게 '힘'을 운용했다.

'마나라고? 마나라……. 좋은 이름이야.'

유다는 잠시 과거로 기억을 되돌렸다.

오스트레일리아 북동쪽 남태평양 상에 자리 잡은 섬들을 멜라네시아라고 일컫는다. 멜라네시아는 그리스어로 '검은 섬들'이란 의미를 가지고 있다.

이곳에 사는 원주민들은 주술이 가미된 비인격적인 초자연적인 힘을 믿는 원시 종교를 가지고 있다. 그리고 그 힘을 마나(Mana)라고 부른다.

마나는 인간의 일상적인 힘을 초월하여 모든 것에 작용한다. 일례로 추장이 주문을 외워 비를 오게 하는데도 마나가 작용하고 전쟁에서 적을 쓰러뜨렸을 때도 무기에 마나가 작용한다고 믿는 식이다.

사실 이런 비인격적 힘을 믿는 사례는 전 세계적으로 쉽게 찾아볼 수 있다. 단적인 예로 아메리카인디언들 사이에 존재하는 마니토이즘(manitoism)과 동양의 기(氣) 사상을 들 수 있다.

특이한 것은 마나의 작용은 종교의 발전 단계와는 아무런 관련이 없다는 점이다.

유다가 마나에 대해 알고 있는 것도 그가 신과 초자연적인 힘의 상관 관계를 학술적으로 깊숙이 연구해서였다.

우우우우~ 웅!

마나가 주입되자 페카드가 조금씩 진동하면서 소리를 내기 시작했다.

빌 게이츠는 자신도 모르게 한 발자국을 뒤로 물러섰다.

유다는 그런 빌 게이츠의 모습을 보면서 비릿한 미소를 지었다.

그리고 더욱더 많은 양의 마나를 시동키의 구멍에 주입했다. 마나가 주입되는 양에 맞추어 페카드의 진동은 더욱 심해졌다.

이윽고 유다의 귀에 조용한 음성이 들려왔다.

—형식넘버 페카드—1A, 시리얼 넘버 가—20321451호, 기동 시작! 인증을 시작합니다. 탑승자의 이름을 말씀해주십시오.

유다는 잠시 망설이다가 말했다. 여기까지 온 이상 물러나는 것은 자존심이 허락하지 않았다.

“이스가리옷 유다(Judas Iscariot).”

그가 이름을 말하자 동시에 페카드 내부가 밝은 빛에 휩싸였다. 그리고 예의 목소리가 다시 들려왔다.

—인증이 실패했습니다. 재인증을 시작합니다. 5, 4, 3, 2, 1. 인증에 실패했습니다. 마지막 인증에 들어가기 전에 페카드—1A 시리얼 넘버 가—20321451호의 현 상태를 메인 히드라 시스템에 전송합니다.

'마지막 인증?'

유다는 의아했다.

현 상태를 전송하는 일 따위야 지하 4㎞ 아래 위치한 이곳에서는 불가능한 일이다. 하지만 마지막 인증이란 말이 그를 불안하게 했다.

아니라 다를까, 다음에 들려오는 목소리는 그의 불안한 예측이 맞았음을 증명해주었다.

—마지막 인증을 시작합니다. 경고! 경고! 마지막 인증에서 실패하면 본기 페카드—A 가—20321451호는 자폭 시퀀스에 들어갑니다. 5, 4, 3, 2, 1. 인증이 실패하였습니다. 인증이 실패하였습니다. 자폭 10, 9, 8, 7……．

유다는 허겁지겁 페카드에서 뛰어 내렸다. 그리고 멀뚱하게 서 있는 빌 게이츠의 손을 잡고 자리를 피했다.

그리고 잠시 후~!

펑~!

예상보다는 작은 폭음과 함께 페카드는 조각조각 분리된 고철더미로 변해버렸다.

"아뿔싸."

실수였다. 현대의 장비들도 이 정도의 안전장치는 기본이다. 하물며 미지의 힘 마나를 사용하는 페카드에게 안전장치가 있을 것이라는 것 정도는 미리 예측했어야 했다.

"헤르메스 주교는 들으라."

"말씀하십시오, 지배자시여."

뜻밖의 상황에 멍해 있던 빌 게이츠가 자세를 바로하고 유다의 명을 기다렸다.

"문무혁과 페카드를 설계했다는 김진수에 대해 모든 것을 알아내도록……."

"명을 받듭니다, 지배자시여."

머리카락 숫자까지 알아야 했다. 그리고 힌트를 찾아내야 했다. 유다는 이를 악다물었다.

오랜만에 느껴보는 살아 있다는 감정이 들었다. 그 감정의 정체는 분노였다.

*　　　*　　　*

갓 10살이나 되어봄직한 남자아이가 손을 치켜들고 말했다.

"아빠, 이건 뭐야?"

아이가 가리키고 있는 것은 거대한 석조 비석들이었다.

"이건 말이다. 조지아 가이드 스톤이라고 불리는 미스터리한 비석이란다."

"조지아 가이드 스톤?"

"그래 높이 6m의 거대한 석판 6개가 서 있는 이것을 보고 그렇게 부르지."

"누가 만들었는데?"

"그건 아무도 모른단다. 하지만 확실한 사실은 정말 돈 많고, 시간 많고, 할 일 없는 자의 소행이란 사실이지."

"그렇구나."

아버지의 설명에 아이는 납득한 것처럼 보였다.

검은 피부에 곱슬머리를 한 중년이 나타난 것은 바로 그때였다.

그는 아버지와 아들에게 말했다.

“아버지의 설명이 옳단다. 아이야. 그리고 아버지가 말씀
하신 돈 많고, 시간 많고, 할일 없는 사람이 바로 나지. 하지
만 아버지가 빼먹은 사실이 한 가지 있단다.”

“그게 뭔데?”

“내가 아버지와 널 죽일 것이란 사실이지.”

느닷없이 나타난 남성의 폭언에 아버지가 발끈한 것은 당
연하다.

“당신 무슨 말을 그렇게 해?”

“네가 화를 내도 사실은 사실이야. 너희 두 사람은 세 가지
죄를 저질렀어. 첫 번째는 있어서는 안 되는 장소에 있었다는
죄이고, 두 번째는 그 장소에 있어서는 안 되는 시간에 있었
다는 점이지. 물론 마지막 죄는 봐서는 안 되는 날 본 것이
고.”

“이런 미친놈.”

아버지는 남자에게 주먹을 휘두르려 했다. 하지만 그의 시
도는 시도에 그치고 말했다.

아버지는 두둥실 떠오는 불덩어리를 보았다. 그리고 반사
적으로 아이를 감싸 안았다.

“사랑해! 헨리.”

아버지가 아들과 함께 죽기 전에 한 마지막 말은 사랑한다
는 말이었다.

유다는 검게 불타 재로 변한 시체를 본체만체 자신이 세운 기념비를 바라보았다.

기념비를 눈앞에 두고 유다는 숨기고 있던 본성을 드러냈다.

"와악~!!"

그의 고함 소리가 거대한 비석만이 덩그러니 세워져 있는 텅 빈 벌판에 울려 퍼졌다.

유다는 고함을 질렀다. 이곳은 그의 고함 소리를 들어줄 사람이 아무도 없는 장소다.

그의 고함 소리에는 질투와 분노의 감정이 온통 뒤범벅이 되어 있었다.

그렇게 한참을 고함을 지르던 유다는 넓은 벌판에 덩그라니 서 있는 기념비로 다가갔다.

죽은 아버지의 말처럼 세상에서는 이 석판들을 조지아 가이드 스톤, 또는 아메리칸 스톤헨지(American Stonehedge)라고 부른다.

이 거대한 기념물은 높이가 6m가 넘고 모두 여섯 개의 피라미드의 재료인 푸른 화강암(blue granite)으로 만들어진 거대한 돌 평판으로 이루어져 있다.

가장 놀라운 점은 이 기념물의 크기와 무게가 아니라 이 기넘물에 새겨진 메시지다.

석판에는 4개의 커다란 주 기둥이 있는데 이곳에 8개국의 언어로—영어, 스페인어, 스와힐리어, 힌두어, 히브리어, 아랍어, 중국어 그리고 러시아—로 십계명이 각인되어 있다.

그리고 짧은 메시지가 맨 위에 있는 돌판의 4면에 새겨져 있는데 이것에는 주요한 고대 언어, 즉 바빌로니아어, 고대 그리스어, 산스크리트어 그리고 이집트의 상형문자가 사용되어 있다.

'이성의 시대'를 위한 십계명은 놀라운 내용을 담고 있다.

1. 자연과의 영원한 조화를 위해 인구를 5억 이하로 유지하라.(Maintain humanity under 500,000,000 in perpetual balance with nature.)

2. 번식을 현명하게 지도하며 다양성과 건강함을 증진시켜라.(Guide reproduction wisely improving fitness and diversity.)

3. 새로운 언어로 인류를 통합하라.(Unite humanity with a living new language.)

4. 감정, 신앙, 전통, 그리고 모든 것을 절제된 이성으로 다스려라.(Rule passion faith tradition and all things with tempered reason.)

5. 사람과 국가들을 오직 공정한 법과 법정으로 보호하라.(Protect people and nations with fair laws and just courts.)

6. 모든 나라들은 내부적으로 의결하고 자치권을 주고 외부 분쟁은 세계법정에서 해결하도록 하라.(Let all nations rule internally resolving external disputes in a world court.)

7. 사소한 법과 쓸모없는 관리들을 피하라.(Avoid petty laws and useless officials.)

8. 개인의 권리와 사회의 의무를 조화시켜라.(Balance personal rights with social duties.)

9. 영원 속에서 소중한 진실, 아름다움, 사랑의 조화를 추구하라.(Prize truth beauty love seeking harmony with the infinite.)

10.지구의 암적인 존재가 되어서는 안 된다. 자연을 위한 공간을 마련해두어라.(Be not a cancer on the earth Leave room for nature Leave room for nature.)

조지아 가이드 스톤에 적힌 이 계명들은 대규모 인구 감소, 단일 세계 정부, 새로운 형태의 영성(靈性) 도입 등 '신세계 질서(New World Oder)' 와 관계된 내용을 언급하고 있었다.

그리고 현재까지 이 계명을 만든 사람은 철저하게 비밀에 붙여져 있는 상태였다.

누가 뭐래도 십계명 중 가장 충격적인 내용은 인구 감소, 계획된 임신 그리고 우생학에 기반을 둔 첫 번째 계명이다.

이것은 현재 70억에 달하는 인류 중 단지 5억만이 살아남아야 한다고 주장하고 있기 때문이다.

게다가 마지막 계명은 더욱 충격적인 내용이다.

'지구의 암적인 존재가 되어서는 안 된다. 자연을 위한 공간을 마련해두어라' 라는 계명이 의미하는 것은 마치 인간을 지구의 암적인 존재로 묘사하고 있기 때문이다.

사실 대규모 인구 감소가 처음 주장되는 것은 아니다.

1988년 영국의 왕자 필립은 다시 태어날 수 있다면 '치명적인 바이러스' 로 환생하여 인구를 줄이겠다고 말했다. 그리고 최근 헤르메스 주교, 즉 빌 게이트도 '현재 인류는 68억이지만 단숨에 90억까지 증가할 것이다. 만약 우리가 백신, 의료 서비스, 성 기능 관련 의료 서비스 등을 정말로 잘 활용한다면, 인구의 10% 또는 15%를 감축할 수 있을 것이다.' 라고 언급했다.

빌 게이츠는 자신의 주장을 관철시키기 위해 선한 모임(Good club)이라고 불리는 모음을 창설했다. 이모임에 초대된 인사는 록펠러, 워렌 버펫, 조지 소르소, 뉴욕 시장인 미셜 블룸버그 그리고 미디어의 제왕인 데드터너 그리고 오프라 윈프리 등이었다.

. 조지아 가이드 스톤에 다가선 유다는 손을 들어 비석을 쓰다듬기 시작했다. 여기에 쓰여 있는 모든 글귀는 모두 그가

2,000년을 넘게 살아오면서 쌓아올린 지식과 경험의 집합체
이다.

유다는 인간이 단순히 살아간다는 행위를 경멸했다.

그도 천형을 받은 후 실의에 빠져 수백 년을 아무런 의미
없이 그저 생존했다. 그 시간들을 경험한 유다에게 시간을 낭
비하는 인간은 존재 자체가 죄였다.

그리고 그가 인정하든 안하든 종교는 그런 인간을 긍정적
으로 계도하는 분명한 선기능이 존재했다.

그렇지만 중세가 끝나가면서 종교는 타락했고, 이윽고 발
견된 신대륙과 아시아 항로로 인해서 사치와 향락이 유럽을
뒤덮기 시작했다. 반면에 귀족들의 사치와 향락을 피와 살로
뒷받침하는 민중들의 삶은 한없이 나락으로 떨어졌다.

청교도적 고결함으로 시작된 미국은 그런 의미에서 그가
마지막으로 애정을 가진 나라였다.

자유의 나라라는 별칭답게 미국은 잘 성장해 나갔다. 하지
만 그것도 잠시.

미국인들은 소돔과 고모라보다 더한 섹스와 마약에 탐닉
해 갔다.

유다는 인간에 대한 애정을 버렸다. 그리고 스스로 인간 위
에 서기로 결심했다.

그리고 그런 결심을 새긴 곳이 바로 이 조지아 가이드 스톤

이었다.

"마법진의 비밀만 알아낼 수 있으면 이 계획을 실행에 옮길 수 있어."

유다는 고개를 끄덕였다.

문무혁은 신의 비밀을 간직하고 있다. 하지만 그가 자신보다 강하리라는 생각은 들지 않았다.

그런 힘을 가진 자가 스스로를 제어하면서 아프리카의 원숭이들이나 돕고 있다는 사실만 보아도 확실한 사실이다.

무엇보다도 유다에게는 2,000년의 세월 동안 쌓아온 방대한 마나가 체내에 흐르고 있었다. 사용 방법을 모르긴 하지만 불과 수십 년을 살아온 인간의 그것에 뒤지리라는 생각은 전혀 들지 않았다.

"그래도 내가 신의 위에 서기 위해서는 그 남자의 비밀을 알아야 해. 우선 그의 손발을 끊는 것부터 시작해야겠지."

유다의 신형이 서서히 사라지기 시작했다.

텔레포트 마법을 사용한 것이다.

유다가 마법을 사용하게 된 방법은 무식하면서도 단순했다. 하지만 룬에 대해 아무것도 모르지만 죽지 않는 자신의 신체를 효율적으로 사용하는 방법이었다.

그는 죽지 않는 몸을 사용해서 수천 번의 죽음을 거부하며 온갖 실험을 그의 몸에 감행했다.

그리고 한 가지 한 가지씩 단순한 마법부터 배워나갔다. 언제나 그랬듯이 시간은 그의 편이었고, 이번에는 전 세계의 내로라하는 기호 학자, 암호 학자, 수학자들이 그의 마법 수련을 돕고 있었다.

이윽고 유다의 신형이 사라지자 본래의 황량함으로 돌아간 조지아 가이드 스톤에 남은 것은 바람에 날리는 먼지로 변한 부자의 흔적뿐이었다.

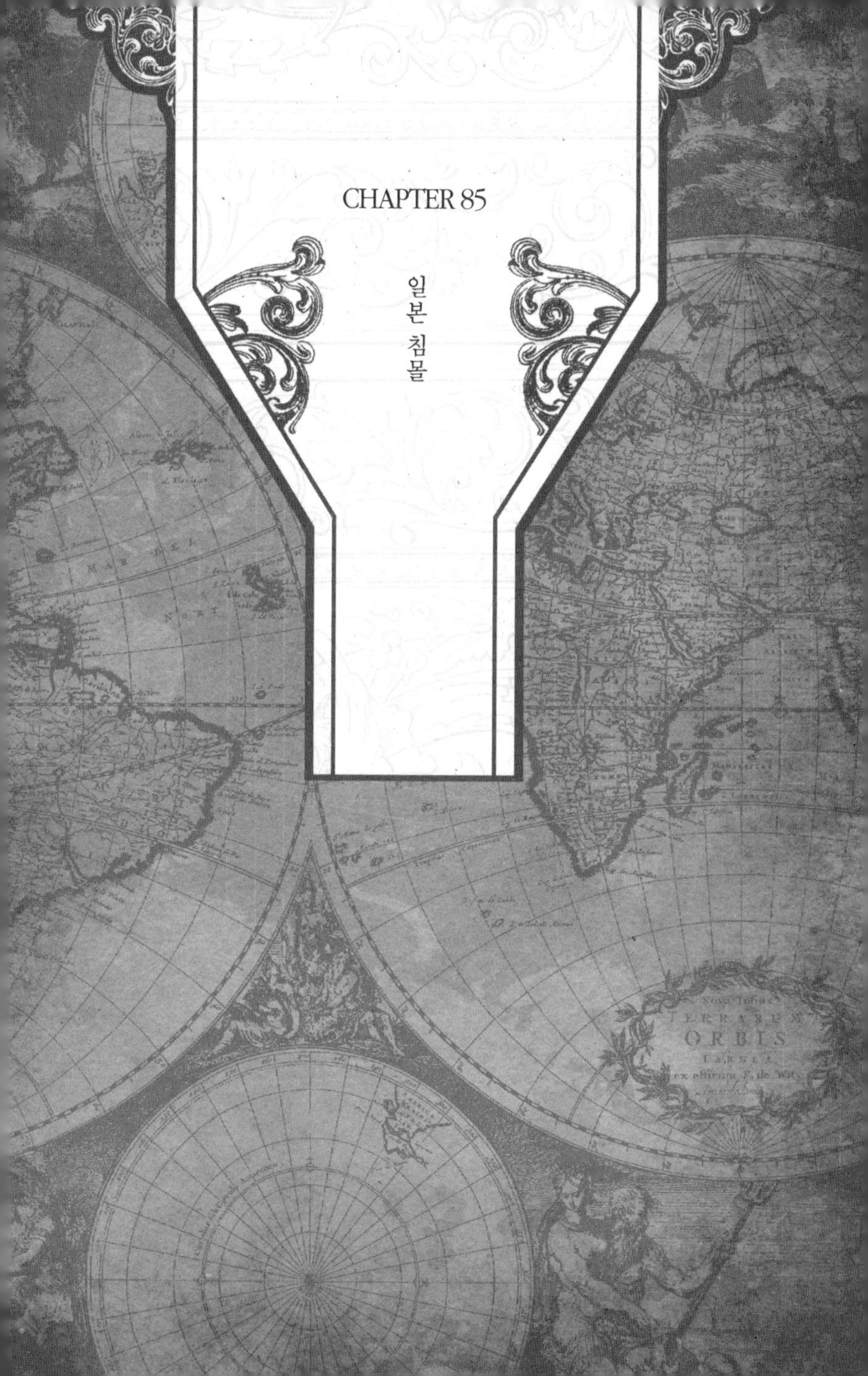

CHAPTER 85

일본 침몰

유다가 페카드—1A 시리얼 넘버 가—20321451호에 탑승하고 두 번째 인증에 실패한 순간 미국 뉴멕시코주에서 만여 ㎞ 떨어진 동아시아의 한 지하 공간에 빨간불이 들어왔다.

"단장님, 단장님! 잃어버렸던 페카드가 신호를 보내왔습니다."

"말도 안 돼. 시동키는 분명 회수됐잖아. 누구라더라 맘보? 밤보?"

김성찬은 실전 투입 후 최초로 페카드를 부숴먹은 머저리의 이름을 생각해내려 노력했다.

하지만 그의 노력은 수포로 돌아갔다.

열받아하는 김성찬의 눈치를 살피던 오퍼레이터가 얼른 입을 열었다. 아스란 섬 최고의 무대포 성격을 가지고 있는 김성찬에게 잘못 걸리면 몇 주는 죽어라 곡소리를 내야 했기 때문이다.

"맘보입니다. 콩고 주둔 성전사단 소속 페카드 조종사입니다."

"그 자식 거짓말한 것 아냐? 그렇더라도 시동키만으로 시동을 걸 수 없는데……."

"아닙니다. 분명 정확히 확인된 사항입니다. 그리고 이 신호는 미국에서 온 것입니다."

매직 컴퍼니는 중력 차단장치를 개발한 이후 항공기술 연구원과 합동으로 수십 기의 극소형 스텔스 위성을 지구 궤도에 진입시켰다.

이 위성들의 목적은 단 한 가지로 마나에 의한 마법통신을 중계하는 임무를 띠고 있었다.

그런 위성 중에 한 기가 유다가 작동시킨 페카드의 신호를 중계해서 아스란 섬 상황실에 전달한 것이다.

김성찬은 머리를 박박 긁었다. 일어났다니 할 말은 없지만 이해하기 힘들어서다.

와이번 기사단 기사들과 달리 마나를 다룰 수 없는 조종사
가 페카드를 운용할 수 있는 이유는 그들에게 지급되는 생체
인식 시동키 덕분이다.

그 말을 바꿔 말하자면 마나를 다룰 수 있는 인간이 한정적
인 지구에서 버려진 페카드의 시동을 걸 수 있는 인간은 없다
는 말과 같았다.

"영상도 들어왔습니다. 그리고 잠시 후 자폭 신호도 도착
했습니다."

"영상? 플레이해 봐."

"알겠습니다."

일단은 다행이었다. 페카드의 비밀은 결코 알려져서는 안
되는 것이다. 어떤 이유인지 페카드가 작동했지만 인증에는
실패했다.

플레이된 영상 속에 나타난 남자는 40대쯤 되어 보이는 중
년이었다. 그 남자는 인증을 시도하는 듯 이름을 말했다.

―이스가리옷 유다*(Judas Iscariot)*

"유다라는 데요?"

"그래, 나도 들었어. 유다라……. 유다… 어디서 들은 이름
인데……?"

"성경에 나오는 이름 아닙니까? 예수를 팔아먹은 놈이요."

"임마! 나도 그쯤은 알아. 그렇지만 내가 이 이름을 들은 건 성경 따위에서가 아니라고……."

머리를 쥐어뜯으며 한참을 고민하던 김성찬이 오른손으로 왼손을 내려쳤다.

"맞아. 일전에 짱개들이 숨어들어 왔을 때 유다라는 이름을 들었어. 나에게 잡힌 조련이란 놈이 배운 무술을 전해준 사람이 유다 노인이었어."

"아무리 봐도 노인은 아닌데요?"

"조련의 말에 의하면 유다는 늙지 않는다고 했어, 늙지 않으면 젊어질 수도 있는 법이야."

전혀 상관 관계가 없는 주장을 주먹으로 관철시키는 것이 김성찬의 특기라면 특기다. 오퍼레이터는 얼른 입을 다물었다. 여기서 몇 마디 보태 봐야 날아오는 것은 주먹뿐이라는 사실은 지금까지 온몸으로 지겹게 경험한 터였다.

멍하니 히드라 시스템을 바라보는 오퍼레이터를 뒤로하고 김성찬은 무혁에게 달려갔다.

무혁은 나데스 상황실에서 이세영과 한 가지 작전을 준비 중이었다.

김성찬에게 유다에 대한 이야기를 듣고 난 무혁은 지금까지 맞춰지지 않았던 퍼즐의 한 조각을 비로소 찾았다는 생각이 들었다.

당장에라도 유다를 만나고 싶었다. 아이스박스를 이용하면 단 두 시간이면 유다가 있다는 뉴멕시코 주로 날아갈 수 있다.

하지만 무혁은 그런 생각을 접었다.

일본의 마지막 발악을 지켜보아야 했기 때문이다.

일본정부는 드디어 원자폭탄을 완성시켰다.

일본이 개발한 원자폭탄은 TNT 300,000톤의 위력을 가지고 있었다. 이것은 태평양 전쟁 말기 히로시마와 나가사키에 얻어맞았던 '리틀 보이'가 지녔던 TNT 15,000톤 수준의 위력보다 20배에 달하는 수준이었다.

일본은 이 원자폭탄을 춘풍(春風)이라 명명했다. 그리고 인공위성 발사체로 사용되는 H—2B 로켓에 5개씩 탑재했다.

H—2B 발사체는 전장 56m, 폭 5.2m로 53mx4m인 기존의 H—2A 로켓에 비해 조금 커졌지만 무게는 551톤으로 두 배 가까이 늘어났다.

일본 우주 항공 기술의 총아나 다름없는 H—2B을 일본은 7기를 준비한 상태였다.

하지만 이런 위기 상황에서도 이세영의 얼굴에는 어떠한 긴장감도 찾아보기 힘들었다.

“불벼락을 일본에 내리실 거예요? 아니면 발사 자체를 멈추실 거예요?”

“일본에 떨어뜨려야지. 그렇지만 원자폭탄은 안전장치 덕분에 목표에 도달하지 않으면 폭발하지 않는다면서?”

상황을 통괄하고 있는 이세영의 질문에 무혁은 단호한 어조로 답했다.

“그건 그렇죠. 그래도 막대한 연료 덕분에 인근은 불바다가 되겠죠.”

“불의 비를 맞게 되겠군. 그리고 그 사실로 일본이 대한민국을 목표로 무려 35개의 원자폭탄 탄두를 쏘아 올렸다는 사실이 세계로 알려질 테고……”

“일본은 매장되겠죠.”

“초대형 불꽃놀이가 되겠군.”

“가서 보실래요? 그런 구경은 다시금 하기 힘들 거예요.”

“사람이 숯이 되는 장면을 보는 취미는 없어.”

“호호호호, 역시 무혁 씨다운 대답이에요. 그래야 내 남자죠.”

이세영은 다른 사람의 시선을 전혀 의식하지 않고 무혁에게 달라붙었다.

그런 점이 김민경, 민유린과는 또 다른 그녀만의 매력이었다.

무혁은 그런 이세영을 꼭 한번 안아준 후 작전을 지시했다.

"진부한 말이지만 작전명 '일본 침몰' 을 개시한다."

"알겠습니다. 대장님!"

이세영이 장난스럽게 대답했다.

나카소네 수상은 핏발이 선 눈으로 한쪽 벽면을 가득 채우고 있는 상황 모니터를 뚫어져라 바라보았다.

그의 주변에는 통합 막료감부 통합 막료회의 의장 마사키 하지메를 비롯한 자위대 장성들과 내각의 각료들이 줄지어 늘어서 있었다.

"명령을 하시면 발사 시퀀스를 시작하겠습니다."

마사키 의장이 딱딱하게 굳은 표정으로 나카소네 수상을 바라보았다.

전형적인 야전군인인 마사키 의장은 방사능의 위험이 세상에 알려진 이후 처음으로 발사되는 핵미사일의 버튼을 누르는 일이 정말 싫었다.

하지만 어쩔 수 없는 일이다.

일본은 문자 그대로 명치유신 이전의 상태로 돌아가고 있었다. 육상 자위대와 항공 자위대의 전력은 사라진지 오래였고, 그나마 남은 해상 자위대 전력마저 다락에서 곶감 빼먹듯이 한 척씩 바다에 수장되고 있는 형편이었다.

나카소네 수상이 탁자에 수북하게 놓인 에너지 드링크를 꿀꺽꿀꺽 들이켰다. 커피로도 쫓을 수 없는 졸음을 참기 위해서였다. 그의 행동을 시발로 다른 이들도 모두 에너지 드링크를 마시기 시작했다.

"미국은 아직 대답이 없습니까?"

"일본이 페어(Fair)하지 않았다는 대답뿐입니다. 일국의 대통령이었던 인물을 그런 식으로 이용하고 몇 푼의 돈 때문에 다시 내준 행동을 비난하고 있습니다."

"모두가 조선의 비열한 책략일 뿐이라고 주장해야지."

"어디까지나 건설 기계 따위에 전혀 대응을 하지 못한 일본의 책임이랍니다. 그리고 미래중공업과 매직 컴퍼니에서 약속한 기술 이전의 위력이 너무 컸습니다. 보잉(Boeing)과 록히드 마틴(Lockheed Martin), 제네럴 다이나믹스(General Dynamics), 노스롭 그루먼(Northrop Grumman) 등의 미국 주요 방산(防産)업체들의 로비가 너무 강력합니다. 유럽도 예외는 아닙니다. 유럽의 방산업체들이 돈을 싸들고 너나 할 것 없이 한국행 비행기를 타고 있습니다."

국제사회에 영원한 친구는 없다는 말이 실감났다.

미국은 이미 한국과 확연히 변하고 있는 북한의 손을 들어주고 있었다.

꽝!

나카소네 수상이 탁자를 내려쳤다.

하지만 그런 수상의 행동에 반응하는 사람은 없었다. 일일이 반응하기에는 나카소네 수상은 지금까지 탁자를 너무 많이 내려쳤다.

"그렇다고 해도 일본이 무너지면 미국 경제도 타격을 받을 텐데……. 우리가 가지고 있는 미국 국채만 내다 팔아도 말이지."

"저희도 이해가 안 됩니다. 뱅크 오브 아메리카(Bank of America), JP모건 체이스(JP Morgan Chase), 시티그룹(Citigroup) 등의 미국 주요 은행들은 눈 하나 깜짝하지 않고 있습니다."

"……."

"일본이 보유하고 있는 미 국채 규모는 무려 8,859억 달러 규모에 이릅니다. 중국의 1조1550억 달러에는 미치지 못하지만 여전히 세계에서 두 번째로 미국 국채를 많이 보유한 나라입니다."

"내 말이 그 말 아닙니까? 일본의 공업 시설이 공격받고 있다고 하지만 그런 시설들은 거의 대부분 국제적인 보험 컨소시엄에 가입되어 있어 복구자금을 지원받을 수 있습니다. 하지만 일본이 받은 직간접적인 피해를 복구하기 위해서는 미 국채를 팔거나 만기된 국채를 연장하지 않는 방법으로 재원을 마련할 수밖에 없습니다. 그렇게 되면 미국은 부도입니다.

부도라구요.”

일본 경제를 책임지는 대장성의 수장인 대장 대신이 대화에 끼어들었다.

“미 재무부에 제 지인 한 명이 있습니다. 그 지인의 말에 의하면 미국 정부는 이번 기회에 일본이 한국에 합병되길 바란답니다.”

쾅!

“뭐요~! 말이 되는 소리입니까?”

나카소네 총리가 다시 한 번 탁자를 내려쳤다.

“어디까지나 지인의 사견입니다. 하지만 일리가 있습니다. 만일 일본이 한국에 합병되면 미국은 일본이 보유한 국채를 상환할 필요가 없어집니다. 미국으로서는 만세를 부를 일이지요. 그리고 일본이 지금까지 사왔던 미 국채는 한국이 소화해줄 테니까요.”

“한국은 그럴 여력이 안 됩니다.”

나카소네 수상은 강력하게 부정했다. 하지만 대장 대신은 아랑곳하지 않았다. 그가 말한 지인은 미국의 재무부 장관인 럼스펠트였고, 럼스펠트는 거짓말을 하는 사람이 아니었다.

하지만 그 사실을 이야기할 수는 없었다. 일본에 마지만 남은 일말의 희망을 스스로의 손으로 끊는 악역을 하기 싫어서였다.

"됩니다. 한국과 북한이 통일을 하면 7,500만의 인구를 자랑합니다. 그리고 일본과 거의 같은 산업구조를 가진 한국이라면 일본이 사라진 시장의 파이를 가장 많이 가져갈 수 있습니다."

"한국은 그런 기술이 없어요."

나카소네 수상을 끝까지 부정했다. 아니 부정해야했다.

"삼송전자 하나를 일본의 전자기업 7개가 당해내지 못하고 있는 상황에서 말입니까? 그리고 일본이 우위에 있는 기술이야 일본인 기술자를 데려가 쓰면 됩니다. 공장이 사라진 일본 기술자들이 농사를 지을 거라 생각하는 것은 아니겠지요. 그리고 어디까지나 일본이 한국에 합병된 이후를 말하는 겁니다."

"끄응~!"

알고는 있다. 그래도 인정하기 싫다. 나카소네 총리는 신음했다.

"매직 컴퍼니 한 회사에서 벌어들이는 돈이 일 년에 1,800억 불입니다. 이번에 삼송전자가 발표한 축전 용량이 30배나 향상된 배터리와 기존 반도체의 패러다임을 무너뜨린 신개념 저장장치는 또 어떻습니까? 게다가 미래자동차가 개발한 초경량, 초고강도 승용차가 이미 일본의 자동차를 밀어내고 있습니다. 삼송의 배터리 기술과 미래자동차의 자동차 기술이 합해지면 어떤 일이 벌어질지는 명확하지 않습니까? 중력 차단 장치와 페카드라는 로봇이야기는 하지 않겠습니다. 더 이상 이야기하면 일본이 너무 비참해지니까요."

대장 대신이 말을 마치고 고개를 숙였다.

사실이라고 해도 너무나 비참했다.

"결국 이 방법밖에 없군요."

나카소네 수상은 다시 모니터를 바라보았다. 모니터 속에는 하얀 연기를 조금씩 내뿜고 있는 미사일의 모습이 비춰지고 있었다.

"지옥에 가더라도 내가 가겠습니다. 일본을 위해서라면 못 할 일이 뭐가 있겠습니까?"

나타소네 수상은 미사일의 발사를 지시했다.

*　　　　*　　　　*

후지산 상공 1,000m.

해발 4,776m 상공에는 금속의 질감을 그대로 드러낸 일반 페카드와 전혀 다른 형상을 한 두 무리의 페카드들과 한기의 페카드가 두둥실 떠 있었다.

"어이 백조 나부랭이들……. 우리 일에 발목 잡지 말라고!"

머리에 거대한 뿔이 인상적인 검은색 지휘관용 페카드에

탄 김성찬은 기분이 좋았다.

아스란 섬에서 훈련만 거듭하던 30기의 블랙 와이번 기사단을 이끌고 오랜만에 바람을 쐬러 나왔기 때문이다.

더군다나 그 바람이 생각만 해도 짜증나는 일본의 목을 따는 일이니 더욱 신이 났다.

"웃기지 마쇼~! 그쪽이야말로 아마추어 티를 내지 말라고……."

역시 머리에 거대한 뿔을 단 순백색 지휘관용 페카드에 탑승한 로버트 단장도 지지 않고 대꾸했다.

"맞아. 아마추어들~! 너희나 잘해."

"우리에게 훈련받던 일을 잊었나 보지?"

"실수하지 말라고. 크크크."

로버트 단장이 탄 페카드 주위에 있던 12기의 순백색 페카드들도 저마다 떠들기 시작했다.

그리고 순백색 페카드에 대응해서 검은 페카드들도 비난을 퍼부어댔다.

그런 상황을 멈춘 것은 블랙 와이번 기사단과 화이트 와이번 기사단에서 살짝 떨어진 곳에 홀로 떠 있던 금빛 페가드였다.

"모두 조용! 실수하면 그것으로 끝장이다. 이건 장난이 아냐. 모두 집중!"

금빛 페카드에 타고 있던 사람은 명식이다.

그가 타고 있는 페카드는 김성찬과 로버트가 타고 있는 지휘관용 페카드보다 두 배 이상 큰 뿔을 3개나 달고 있었고, 크기도 기존 페카드의 2배쯤 되어 보였다.

‘진수 삼촌, 오바야, 오바.’

이 페카드를 만들어준 김진수는 창피해하는 명식을 보며 이렇게 말했었다.

“주인공은 황금색이야. 그리고 남들보다 강한 네가 부하들과 같은 기종의 페카드를 탄다는 것은 자세가 안 나와.”

말은 그렇게 했지만 명식은 진실을 알고 있었다.

‘다른 드워프 당 사람들에게 물어봤다고……. 진수 삼촌이 파이브 스타 스토린지 뭔지 하는 만화에 나오는 황금 로봇의 광팬이라면서? 악취미야, 악취미.’

명식의 말처럼 김진수는 명식이 탄 금빛 페카드의 모티브를 그가 너무도 사랑하는 나이트 오브 골드에서 따왔다.

금빛 페카드가 롤아웃하던 날 김진수는 명식에게 진지하게 말했다.

“일본을 박살 내면 파이브 스타 스토리의 작가 나가노 마모루를 잡아올 거야. 그리고 가둬 놓고 만화를 그리게 할 거야. 25년간 13권이 뭐야! 그건 그렇고 명식아, 이 페카드의 이름은 나이트 오브 골드다. 금빛 기사! 캬~! 멋지지 않니?"

'풋~!'
명식은 그런 말을 쓸데없이 진지하게 하는 김진수의 얼굴을 떠올릴 때마다 웃음이 나왔다.
하지만 이제는 정신을 차릴 때다.
그는 통신기에 대고 외쳤다.
"이번 작전이 우리 와이번 기사단 최초의 작전이다. 여기서 서로 반목하고 실망스런 모습을 보이면 황제 폐하께서 어떻게 생각하시겠나? 너희가 그 정도인가?"
"알겠습니다, 대장님!"
"충성! 대장님!"
"황제 폐하를 위하여!"
"황제 폐하를 위하여!"
시대를 막론하고 군인들은 단순하다. 그들은 황제 폐하라는 말을 서슴없이 사용하고 있었다.
그리고 기회가 될 때마다 내부적으로나마 무혁이 황제의 위에 오를 것을 주장했다.

미사일 발사 관제실의 오퍼레이터가 찢어지는 목소리로 발사를 카운트했다.

"발사 카운트다운 10, 9, 8, 7, 6, 5, 4, 3, 2, 1. 발사!"

엄청난 화염이 화명을 가린 것도 잠시 핵탄두를 5개씩 실은 H—2B 발사체는 전장 56m, 무게 551톤의 거구를 천천히 움직이기 시작했다.

미쯔비시 사에서 제조한 추력 110톤의 LW—7A 로켓이 LH2 연료와 LOX 산화제를 태우며 미사일을 중력으로부터 벗어나게 했다. 모자란 추력은 2대의 고체연료부스터와 역시 2대의 액체 연료 부스터가 담당했다.

"천황 폐하 만세~!"

"만세일계의 천황 폐하 만세~!"

"대일본제국 만세!"

"만세~!"

발사가 성공적으로 이루어지자 상황실의 오퍼레이터들이 환성을 질렀다. 별도의 방에서 그 광경을 지켜보고 있는 각료들과 자위대 고관들도 역시 함성을 질렀다.

그렇지만 그들의 환호성은 그리 오래가지 않았다.

환호성을 뚫고 들려온 한 오퍼레이터의 비명 소리 때문이었다.

"미사일이 추력을 잃습니다. 아~ 다른 미사일들도 마찬가지입니다. 7기의 미사일 전부가 떨어지고 있습니다.”

“무… 무슨 그런! 낙하 위치는?”

“도쿄~! 요코하마~! 오사카……. 모두 대도시입니다.”

“……”

환성이 가득 채우고 있던 자위대의 후지산 지하 미사일 기지가 침묵에 빠져들었다. 7기의 미사일 발사가 실패한 것도 믿기지 않은 일이지만 발사에 실패한 미사일 모두가 일본의 대도시에 떨어지고 있다는 사실도 믿기 어려웠다.

“다행히 핵탄두의 안전장치는 이상 없습니다. 핵탄두는 임계점에 도달하지 않습니다. 다만…….”

“다만이라니? 말을 해! 말을!”

“300톤에 달하는 로켓 연료가 도시를 뒤덮을 것입니다. 흑흑~!”

침착하게 상황을 전파하던 여성 자위관이 참지 못하고 눈물을 흘리기 시작했다. 그녀의 부모님은 오사카에 살고 있었다.

*　　　*　　　*

기다리던 미사일이 솟아오르자 44기의 페카드들이 행동을 개시하기 시작했다.

아직 가속전인 7기의 미사일에 6기씩 달라붙은 페카드들은
거대한 건블레이드로 화염을 뿜어내고 있는 2기의 LW—7A 로
켓을 잘라버렸다.

그리고 아이스 마법으로 흘러나오는 연료를 얼려 흐름을
차단했다.

다음 순서는 세상에 중력 차단장치라고 알려진 플라이 마
법과 리버스 그래비티 마법이 새겨진 플레이트를 미사일에
부착하는 일이었다.

“1조 성공했습니다.”

“2조 미션 클리어.”

“3조 성공!”

……

명식은 모든 미사일을 손에 넣자 다음 명령을 내렸다.

“뚜껑 열고 탄두 회수!”

“완료했습니다.”

“끝냈습니다.”

“수거 완료.”

이번일도 일사천리였다.

이제 불의 비를 일본에 내릴 차례였다.

“모두 지정된 도시 상공에 미사일들을 투하할 것!”

“롸져!”

"오케이!"

"알겠습니다."

"충성!"

각양각색의 구호들이 통신기를 채웠다.

'구호부터 통일시켜야겠어. 이건 무슨 시정잡배도 아니고…….'

명식의 생각과는 상관없이 미사일들은 일본의 대표적인 도시들에 떨어져 내렸다.

그리고 도심을 불바다로 만들었다.

*   *   *

─일본은 7기의 미사일을 통원해서 핵탄두 35개를 대한민국으로 발사했다. 이 탄두들의 목표는 대한민국의 대도시들이다. 핵탄두의 존재는 NPT에 가입되어 핵 확산 방지를 위해 노력해야 할 일본이 얼마나 국제사회를 기만해왔는지 잘 보여주고 있다.

게다가 핵탄두를 민간인 거주 지역에 발사한 행위는 일방적인 학살 행위이며 도덕적으로 결코 용서받을 수 없는 반인류적 폭거이다.

만일 일본의 공격이 성공했더라면 대한민국은 인간이 살

수 없는 불모의 땅으로 화했을 것이다.

지금까지 대한민국은 일본의 해상 도발에 대해 인내하고 인내해왔다.

이는 대한민국이 힘이 없어서가 아니라, 일본이 스스로의 잘못을 깨우쳐 성실하고 성숙된 자세로 국제사회의 일원이 되기를 바라는 간절한 바람 때문이었다.

하지만 이번 공격으로 일본이 성숙되지 못한 소아적인 사고를 가진 비정상적인 국가라는 사실이 만천하에 드러났다.

아이가 잘못하면 고쳐주는 부모가 있어야 한다.

문화적으로나 지리적으로 대한민국은 일본의 부모와 같은 존재였다.

대한민국은 이런 역사적 사실을 배경으로 이제 그 역할을 다하려고 한다.

이에 대한민국은 분노와 슬픔을 담아 일본에 선전포고를 하는 바이다.

일본의 공격이 실패한 다음날 대한민국 대통령 길우영은 일본에 대해 선전포고를 했다.

그리고 후지산 상공에 떠 있던 아이스박스들이 촬영한 미사일들의 발사 모습을 전 세계에 공개했다.

국제사회는 분노했다.

일본을 공격한 집단은 클리페움 데이다. 사실 클리페움 데이의 뒤에 대한민국이 있다는 사실을 모르는 사람은 없다. 하지만 그래도 대한민국을 일본이 공격한 것은 어디까지나 명분이 없는 행동이다.

그것도 일반적인 공격이 아니라 민간인을 목표로 한 핵공격이다.

수만 명이 죽은 일본의 참사는 스스로의 자업자득으로 취급되었다. 사람들은 일본인들이 겪은 참사에 눈물을 흘리기는커녕 오히려 일본의 멍청함만을 기억했다.

대한민국의 선전포고가 있던 날, 일본인들은 밤잠을 설치며 불안에 떨어야했다.

육상 자위대와 항공 자위대는 흔적도 없이 사라졌고, 그나마 대한민국에게 비교 우위에 있는 해상 자위대도 클리페움 데이의 광전사단에 의해 전력이 반토막 난 지 오래였다.

예상외로 대한민국의 선전포고가 있고 일주일동안 일본은 고요했다.

일본인들은 절반 남은 해상 자위대만으로도 대한민국 해군을 수장시킬 수 있다며 특유의 오만한 자신감을 드러냈다.

역대 정권들이 해군을 등한시하는 바람에 비대한 육군에 비해 초라한 전력을 지닌 대한민국 해군의 실상을 보면 일본인들의 자신감도 일면 이해가 가는 부분이 있었다.

하지만 공포는 바다가 아닌 하늘로부터 왔다.

선전포고 후 일주일이 지난날의 아침 일본인들은 '공포의 대왕'을 하늘로부터 맞이했다.

일본인들이 공포의 대왕이라 부른 '거북선'은 길이가 340m에 이르는 거대한 비행선 형태를 띠고 있었다.

삼송중공업과 미래중공업이 심혈을 기울여 제조한 이 비행체는 무혁이 지금까지 개발한 마도 공학의 정수였다.

"형! 멋진데, 진동도 전혀 없고……. 수고했어."

"내가 뭘 했다고……. 네가 기뻐하니 좋다."

전면 브릿지에서 일본을 내려다보던 무혁은 진심으로 김진수의 노력을 치하했다.

하지만 김진수의 표정은 밝지 않았다. 박규리가 사라진 이후 그는 한결같이 바람 빠진 풍선과 같은 행색이었다.

"형답지 않게 왜 그래? 그래, 좋은 생각이 있다. 형 일본 가져라."

"무… 무슨 소리야? 일본을 가지라니……."

"일본 애니메이션 좋아하잖아. 그리고 만화도……. 딱이잖아."

"그건 그렇지만……."

"결정했다. 일본은 형에게 줄게."

어이없이 일본의 운명이 정해졌다. 무혁의 계획에 의하면 일본은 농경 국가가 되어야 했다. 거기에 예술 분야를 덧붙인다고 해도 별 상관은 없었다.

김진수도 싫어하지는 않는 눈치다.

어차피 일본에서 아스란 섬에 있는 자신의 공방까지는 불과 30분이면 왕복할 수 있다.

무혁의 의도대로 잠시 박규리를 잊은 김진수는 한 명의 이름을 떠올렸다.

'나가노 마모루. 넌 죽었다.'

나가노 마모루는 김진수가 가장 좋아하는 만화인 파이브 스타 스토리즈를 그린 작가다. 그는 극악의 연재속도를 자랑하는 만화가로 유명했다. 무려 25년 동안 그가 낸 만화책은 불과 13권에 불과했으니 말이다.

'그리고 애니메이션도 만들어야지. 돈이야 썩어날 만큼 많으니……'

꿈을 쫓고 있는 김진수를 보고 미소를 지은 무혁은 거북선을 호위하듯 날고 있는 3대의 아이스박스 편대를 바라보았다.

페카드 운송용이 아닌 다목적 수송용으로 생산된 아이스박스 편대에는 프로텍터를 입은 해병대가 건블레이드를 들고 타고 있었다.

　미 해병과 동등 이상의 개인 전투력을 지니고 있으면서도 지금까지 상륙 기동 헬기가 없어서 현대 상륙작전의 필수인 수평선 너머 기동이 불가능했던 것이 대한민국 해병대이다.

　그런 해병들에게 2개 사단 병력과 전차 등의 장비 일체를 동시에 강습 상륙시킬 수 있는 200대의 아이스박스는 천사가 준 선물이나 다름없었다.

　게다가 개인별로 지급받은 프로텍터는 일개 해병 병사를 슈퍼맨과 다름없이 만들어주는 물건이었다.

　미사일의 연료로 인해 폐허로 변한 도쿄 중심부에 아이스박스들이 멈추기 시작했다.

　일본인들은 불안한 표정으로 100여 미터 상공에 떠 있는 아이스박스를 바라보았다.

　아이스박스의 후부가 수송기처럼 열리더니 해병대 특유의 붉은색으로 도장된 프로텍터를 입은 해병들이 뛰어내리기 시작했다.

　"하늘을 날아."

　"이길 수 없어."

　"일본은 끝장이야."

　"……."

　포항에 주둔 중이던 해병대 강습1사단이 도쿄를, 김포에 주둔 중이던 해병대 강습 2사단이 일본의 정신적인 수도인 쿄토에 강습하는 것으로 전쟁은 끝난 것이나 다름없었다.

그리고 그날 밤!

일본 천황 아키히토는 대한민국에 대해 무조건적인 항복을 요청했다.

강습한 해병대의 뒤를 이어 육군이 진주하기 시작했다.

20만 명으로 이루어진 일본 진주군은 일본 전체에 대해 비무장을 요구했다.

그리고 그에 따르지 않는 자위대 패잔병이나 야쿠자들을 무자비하게 처단했다.

우려했던 게릴라전은 벌어지지 않았다.

일본인들 수년간 피를 흘리며 싸우다 패한 미군들에게 그랬던 것처럼 일체의 반항을 하지 않고 순종적으로 변했다.

스스로의 피로서 자유를 쟁취한 경험이 없는 일본인들의 한계였다.

*　　　　*　　　　*

한 달 후 서울 경복궁 근정전 앞에서 한 행사가 열렸다.

황색 곤룡포를 화려하게 차려입은 이석이 높은 단 위에 앉아 있었고, 그 아래 조선 시대 정승 복장을 한 대통령 길우영이 앉아 있었다.

그들이 앉은 단상 아래로 펼쳐진 근정전(勤政殿) 앞마당 박석 위에는 거친 회색의 마포로 만든 거적을 입은 아키히토를 비롯한 일왕 일가가 정식으로 조선에 잘못을 빌고, 대한민국에 항복을 하기 위해 무릎을 꿇고 있었다.

이석은 몇 번이고 눈을 끔뻑였다.

도저히 이 광경을 믿을 수 없어서다.

"정말 이게 꿈입니까? 생시입니까?"

"사실입니다. 못 믿겠으면 꼬집어 보십시오."

이석의 질문에 길우영 대통령이 농을 던졌다. 하지만 이석은 길우영 대통령의 농을 진심으로 받아들였다.

허벅지를 꼬집은 것이다.

"아~ 앗! 아픕니다. 사실이군요. 사실이에요. 구천을 떠돌던 선조들도 기뻐하실 겝니다."

"이제 시작일 뿐입니다. 중국의 사죄도 받으셔야죠."

두 사람은 덕담을 나누었다.

"아닙니다. 여기까지입니다. 이제 이 자리는 진실된 주인에게 돌아가야죠. 그것이 순리입니다."

말을 마친 이석은 옥좌를 쓰다듬었다.

더 이상 욕심을 부리면 안 된다는 사실을 모를 만큼 어리석지 않은 이석이다.

"그럼 이진 공주와 무혁님의 혼담을 진행시키시지요."

"그렇게 하겠습니다. 다행이 진 공주도 무혁님의 진실된 모습을 알고는 연정에 빠져 있는 눈치니 별문제없을 겁니다."

"하하하, 이제 경사가 겹치겠군요. 그나저나 날씨가 참 좋습니다."

길우영 대통령의 말마따나 가을로 접어든 서울의 하늘은 높고 푸르고 맑았다.

며칠 전 온 가을비 덕분이지만 그건 그런 대로 좋았다.

아키히토는 세 번 절하고 아홉 번 머리를 조아리는 삼배구고두(三拜九叩頭)로 이석에게 항복의 예를 올렸다.

그것으로 끝이 아니었다.

일전의 4가지 약속 중에 지키지 않은 100번의 오체투지가 남았다.

이석의 강력한 요청으로 장소는 광화문 앞에서 종묘로 옮겨졌다.

아키히토는 일가를 이끌고 종묘로 향했다.

그 모습을 보기 위해 모은 시민들이 조용히 그들의 모습을 바라보았다.

대한민국 국민들은 자신들의 국가가 일본을 합병했다는

사실을 아직 실감하지 못하고 있었다.

그것도 잠시, 시민들이 환호성을 지르기 시작했다.

그리고 그 함성은 서울 전체로, 대한민국 전체로 퍼져 나갔다. 한국인들이 지르는 고함 소리는 지금까지 100여 년 동안 한민족을 억눌러온 일본에 대한 열등감을 깨끗이 씻어내 주는 그런 소리였다.

종묘에 도착한 아키히토는 100번 오체를 투지하고 머리를 땅에 부딪치는 것으로 지금까지 일본이 저질렀던 죄를 빌었다.

그날 이후 일본이란 나라의 이름은 전 세계의 모든 지도에서 사라졌다.

그리고 그 자리에는 대한민국(大韓民國) 왜(倭) 자치구라는 새로운 이름이 자리 잡았다.

항복한 일왕 일가와 핵탄두를 한국에 발사한 일본 정부 지도부의 처리에 대한 의견은 분분했다.

무혁은 그들을 조선의 왕릉 주변에 위리안치(圍籬安置)시키기로 결정했다.

위리안치는 죄인을 유배지에서 달아나지 못하도록 가시로 울타리를 만들고 그 안에 가두는 형벌을 말한다.

일종의 명예형인 위리안치를 무혁이 선택한 것은 일본이 예로부터 대한민국의 신하였고, 아키히로와 나카소네를 부패한 지방관리 정도로 본다는 선언의 의미가 있었다.

울타리를 만들 가시나무를 구하는 것은 걱정이 없었다.

소식을 들은 전라도 주민들이 가시가 잔뜩 달린 탱자나무를 대량으로 기증해주었기 때문이다.

예전부터 탱자나무는 위리안치 형을 받은 죄인들이 전라도 섬으로 귀향 갔을 때 그들을 가두는 용도로 쓰이던 나무였으니 고증 상 문제도 없었다.

아키히토와 그 일가, 그리고 일본 내각 각료들이 갇힌 장소는 곧바로 대한민국 학생들이 가장 선호하는 수학 여행지로 변모했다.

학생들은 탱자나무에 갇힌 일본인들을 보면서 가슴 깊숙이에서 솟아오르는 이유 모를 뿌듯함을 만끽했다.

*　　　*　　　*

대한민국은 단군의 건국 이후 가장 활기찬 세월을 보내고 있었다. 경기는 활황이었고, 물가는 급속하게 하락했다.

무혁은 대한민국을 앞으로 자신이 만들어갈 제국의 모델로 삼고 싶어 했다. 그래서 사회 전반에 만연한 악습과 부정부패에 가차없이 칼날을 댔다.

당연히 가장 먼저 대상에 떠오른 곳이 법원이었다.

무혁은 법은 만인에 공평해야 한다는 기본 명제가 대한민국에서 지켜지고 있다고 믿지 않았다.

일례로 민주화가 진행된 1990년 이후 10대 재벌의 총수 중 실형을 받은 이는 모두 7명에 달한다. 그리고 그들이 받은 형량의 합은 모두 22년 6개월이다. 하지만 실제로 그들 중 감옥에 간 사람은 단 한 명도 없었다.

재벌 총수들은 모두 집행유예로 풀려났다.

무혁이 알아본 바에 의하면 작년 기준 형사 사건의 집행유예 비율은 겨우 25퍼센트에 불과했다.

게다가 재벌 총수들은 횡령과 배임, 비자금 조성, 부당 내부거래, 외환관리법 위반 등 범죄의 종류를 불문하고 예외없이 사면을 받았다.

이들에 대한 사면, 복권은 형 확정 뒤 일사천리로 진행돼 사면에 걸린 기간은 평균 9개월에 불과했다.

이쯤이면 무전유죄 유전무죄라는 세간의 비아냥을 그저 농담 정도로 치부할 만한 일이 아닌 것이다.

법원을 개혁하기 위해 무혁이 선택한 방법은 두 가지였다.

일단 무혁은 우리나라 최대 로펌의 파트너 변호사 수준으로 법관들의 연봉을 대폭 올렸다. 이렇게 오른 법관의 연봉은 무려 평균 20억 원에 달했다.

이에 그치지 않고 법관들의 정년을 70세까지 보장했다.

여기까지가 당근이라면 다음은 채찍이었다.

금고 이상의 실형이 확정된 법관은 법관으로서의 지위뿐만이 아니라 기존에 유지되던 변호사로서의 지위도 박탈되었다. 그리고 모든 범죄에 대해 4배의 가중 처벌이 결정되었다.

무혁 못지않은 급진주의자인 민유린마저도 우려를 표할 정도로 강한 벌칙이었다.

"너무 심해요."

"혹시 알아요? 변호사 자격증이 박탈되는 경우가 뭔지?"

"아니?"

"변호사 자격증은 금고 이상의 형을 '2회' 선고받거나 소속 지방 변호사회 또는 대한 변호사 협회의 회칙에 위반한 경우, 그리고 직무의 내외를 막론하고 변호사로서의 품위를 손상하는 행위를 한 경우에 박탈할 수 있어요."

"죄를 지으면 그렇다고 하지만 나머지 경우는 나라에서 하는 것이 맞는 것 아니에요?"

"웃긴 일이죠. 변호사들이 스스로 모임을 만들고 자신들의 죄를 심판하는 거예요. 그러니 제대로 된 처벌이 있을 수 없죠."

"그래도 4배의 처벌이라니…… 무혁이 말한 법인 만인에게 평등해야 한다는 원칙에 위배되잖아요."

"두 부류는 그 원칙에서 제외되어도 상관없어요. 법관은

법의 수호자예요. 당연히 누구보다 정의롭고 벌을 잘 지켜야
해요."

"그런 또 다른 부류는?"

"바로 저죠. 크크크크."

"어멋~! 방금 농담한 거? 몰라~ 몰라~"

두 남녀의 애정 행각 속에 법관들의 처우가 결정되었다.

일부 법관들의 반발이 있었지만 무혁은 그들의 반발을 무
시했다. 그리고 나데스를 통해 반발한 법관들의 뒤를 모조리
털어 패가망신시켰다.

그들이 새로 재정된 법관의 처우와 윤리에 관한 법의 첫 번
째 희생양으로 선택된 것은 당연한 결과였다.

법관을 처리한 무혁은 같은 기준을 검사와 변호사들에게
도 들이댔다.

"법을 다루는 사람은 의사와 같은 책임감이 있어야 되요.
그리고 하기 싫으면 안하면 되지. 그들이 없다고 세상 망하지
않아."

법조인들을 처리한 무혁이 다음으로 손을 댄 곳은 교육계
였다.

"교육이 백년지대계라는 고루한 말을 들이대지 않더라도
그 중요성은 조금도 적어지지 않아. 일단 교사들은 5년에 한
번씩 다시 한 번 자격시험을 통과해야 해. 그리고 초등학교의

경우 교사의 성비는 무조건 남녀 동등해야 하고.”

길우영 대통령에게 정책을 지시하는 무혁은 거침이 없었다.

길우영 대통령의 표정에도 자신감이 넘쳤다.

모든 국회의원들이 그의 손아귀에 들어 있고, 자치단체장들도 자신만을 바라보고 있다.

그리고 그 점은 정치계뿐만이 아니라 재계도 마찬가지였다.

무혁이 전수해주는 마도 기술로 더없는 호황을 누리고 있는 재계는 혹시라도 흠이 잡힐까 눈치만 보고 있는 형편이었다.

무엇보다도 길우영 대통령의 가장 강력한 지지자는 군부였다.

당초 군부가 길우영을 바라보는 눈은 의혹이 서려 있었다.

우파의 기치를 건 전임 대통령 정진용이 재벌과 밀착해서 얼마나 부정을 저질렀는지 보아서다. 정치인이 재계와 밀접한 관계가 있다는 것은 결코 환영할 만한 사유가 아니다.

하지만 길우영 대통령이 취임하고 국방에 막대한 예상을 편성하는 것을 보고 주목은 관심으로 변했다.

군이 전적으로 길우영 대통령을 신뢰하게 된 계기는 일본 해상 자위대의 해상 봉쇄로 군의 자신감이 떨어졌을 때 공급된 신개념 무기들 때문이었다.

게다가 일본을 합병하는 과정에서 보여준 길우영 대통령의 리더쉽이 더해지자 군의 사기는 어느 때보다도 높았다.

이쯤 되니 정책은 탄력이 붙었고, 그동안 클리페움 데이를 통해 꾸준하게 투자해온 교육과 보육 사업이 시너지를 일으키기 시작했다.

북한발 호재를 빼더라도 대한민국은 활기가 넘쳤다..

뭘 해도 잘되는 호경기가 시작된 것이다.

무혁은 재계에도 양자택일을 강요하기 시작했다. 우선 중소기업이나 소상공인들의 영역을 침범한 모든 사업에 철수를 요구했다. 그리고 대한민국에서 어음을 사라지게 만들었다.

국민들이 정신을 못 차리도록 날이면 날마다 쏟아지는 정책들 중에서 가장 인기가 좋았던 정책은 국가 기반시설과 공공시설의 국유화 선언이었다.

무혁은 먼저 시내버스와 고속버스를 모두 국유화했다. 그리고 모든 요금을 무료로 개방했다.

전 정권에서 논의되던 철도의 민영화도 백지로 돌렸다. 기차 요금도 버스와 마찬가지로 무료가 되었다.

다만 혼란 상태인 왜 자치구는 이번 조치에서 제외되었다. 하지만 향후 왜는 물론 한국과 왜 사이의 모든 교통편도 무료가 될 것이라는 발표가 이어졌다.

통신 분야의 공공화도 빠르게 진행되었다.

무혁은 사기업에 판매했던 모든 네트워크와 주파수를 다시 사들여 국유화했다. 그리고 사용 요금을 모두 무료로 개방했다.

이제 사람들은 적은 액수의 회선 유지 관리비와 핸드폰만 구입하면 마음껏 통신을 사용할 수 있었다.

이런 조치는 전기와 수도에도 적용되었다.

다만, 전기와 수도는 낭비를 막기 위해 기존 요금 체계를 유지하는 것으로 가닥을 잡았다.

그렇지만 앞으로 보급될 마도 물품을 통하면 가정과 공장에서의 전기 사용량이나 수도 사용량은 극적으로 줄어들 것이 당연했다. 그리고 그렇게 되면 궁극적으로 유지 관리비 정도의 돈만 내면 전기와 수도도 무료로 사용할 수 있을 예정이었다.

"너무 많은 재원이 들어요."

"어차피 세계가 한나라가 되려면 거리를 극복해야 해. 이 정책은 꾸준하게 확대될 거야."

무혁은 자신의 세계 제국은 거리와 인종을 초월해야 한다고 생각했다. 그리고 그러기 위해서는 사람간의 왕래가 자유로워야 된다고 여겼다.

방법이야 많았다. 지금이야 기존의 교통수단을 이용하지

만 앞으로는 아이스박스를 대형화하면 그만이다. 아이스박
스에 기존의 추진기관을 연계하면 서울에서 뉴욕을 단 2시간
이면 갈 수 있다.

"그럼 마법을 공개할 거예요?"

"절대 아냐. 인간이 누구나 마법을 사용하게 되면 지구는
지옥으로 변할 거야."

무혁은 민유린의 질문을 단칼에 부정했다.

8서클에 접어든 무혁은 별일이 없다는 가정하에 자신의 수
명을 500살 정도로 보고 있었다.

할 일은 많았지만 꿈꾸는 세상을 만들기 위한 시간은 충분
했다. 그러니 위험을 감수할 수는 없다.

마법을 공개하면 어떤 천재가 나타나 자신에게 도전할지
모르기 때문이었다.

CHAPTER 86
북중 전쟁

　　단둥 시내에서 조그만 식당을 하는 허베이는 꿀꿀한 마음
에 압록강가로 새벽바람을 쐬러 나왔다.

　　울컥한 마음에 독한 백주(白酒)를 연거푸 들이켰더니 그나
마 화가 풀리는 기분이다.

　　주머니를 뒤지니 담배가 잡혔다.

　　모든 것이 이 중화(中華)란 이름의 담배 때문이다.

　　'우리 형편에 이렇게 비싼 담배를 피워야겠어? 못살아, 못
살아.'

　　아내의 찢어지는 목소리가 귀에 아른거렸다.

"빌어먹을 여편네……. 남자를 그렇게 망신을 줘? 겨우 50원짜리 담배 한 갑 때문에 말이야."

허베이는 담배를 구겨 쓰레기통에 버리려다 마음을 고쳐 먹었다.

그리고 보란 듯이 한 개비를 꺼내 입에 물었다. 사실 중화는 허베이의 아내 말처럼 한국 돈으로 9,000원이나 하는 턱없이 비싼 담배다. 그러니 하루 벌어 하루 풀칠하는 처지에 허베이의 처지에 중화는 턱도 없는 비싼 물건이다.

그래도 맛있게 담배 한 모금을 빠는 허베이의 표정이 느긋해졌다.

"그래! 남자가 돈을 써야 돈을 벌지. 여자들은 아무것도 몰라."

담배 한 모금으로 자신감을 되찾은 허베이다.

조금씩 동이 터오고 압록강변이 조금씩 밝아지기 시작했다.

"들어가기 전에 또우쟝(豆漿)하고 요오티아오(油條)나 먹어야겠다."

중국인들이 아침식사로 즐겨 먹는 또우쟝은 대한민국의 두유와 비슷한 콩으로 만든 음료다. 하지만 유분이 섞여 있어 매우 고소해 허베이가 무척이나 좋아했다.

그리고 또우쟝을 먹을 때 없어서는 안 되는 음식이 밀가루

반죽을 부풀려 튀긴 요오티아오다.

마지막 한 모금까지 담배를 깊게 빨아들인 허베이는 꽁초를 중지와 엄지에 끼워 압록강으로 튕겨 보냈다.

"응?"

허베이가 튕긴 담배꽁초는 분명 한 개다. 하지만 하늘에는 수천 개의 꽁초가 날아가고 있었다.

"뭐지?"

삶에 흔적인 딱딱한 거친 손으로 눈을 비빈 허베이는 그가 꽁초라고 생각했던 것이 사람이라는 사실을 깨달았다.

"사람이 하늘을 날아?"

몇 번이고 다시 눈을 비벼도 압록강 상공에서 단둥으로 날아오는 점들은 수천 명의 사람이 분명했다.

불길한 마음이 든 허베이는 뒷걸음질을 치기 시작했다.

그의 마음을 알아차리기라도 했는지 하늘을 나는 사람들의 손에 들린 막대기에서 불덩어리들이 뿜어져 나왔다.

고개를 돌려보니 불덩어리들은 아차 하는 순간에 단둥 시내를 뒤덮고 있었다.

"안 돼, 메이, 메이!"

허베이는 아내 메이를 사랑했다. 찢어지게 가난한 허베이에게 시집와 안 해본 일 없이 고생만 아내다.

허베이는 집을 향해 달리기 시작했다. 아무리 배운 것 없이 무식한 허베이라도 이것이 전쟁의 시작임을 모를 리 없었다.

전격적인 북한의 중국 침공은 새벽이 밝아 오는 시간에 맞추어 시작되었다.

북한군 선봉 10만 명은 단 30분 만에 단둥 시내를 불바다로 만들고 다음 목적지로 향했다.

선봉의 뒤를 이어 본대인 30만의 북한군이 단둥에 입성했다. 그들은 잠시 전열을 가다듬은 다음 20만은 선봉대를 따라나섰고, 3만은 랴오닝성(요녕성)의 성도 선양(瀋陽)으로, 3만은 헤이룽 장성으로, 나머지 3만은 지린성을 목적지로 흩어졌다.

남은 1만의 북한군은 특수부대 인플레에 시달리는 북한군에서도 정예 중의 정예로 불리는 경보교도지도국 소속의 12만 명 중에 추리고 추린 병력이었다.

그들은 중대 단위로 흩어져 어디선가 날아온 아이스박스에 탑승해 중국 곳곳으로 날아갔다.

그들에게 주어진 임무는 중국 인민해방군 제2포병 소속의 미사일 기지를 장악하는 것이었다.

북한이 중국을 기습한 바로 그 시간 티베트 독립군도 행동을 개시했다. 다만 그들의 주력은 콩고에서 날아온 9,000명의 성전사단과 1,000대의 페카드들이었다.

어느 정도 군사력을 가진 국가들은 최정예 군사 집단을 하나씩은 보유하고 있게 마련이다.

미국 같은 경우는 제3기갑군단, 러시아는 시베리아 군관구, 일본은 육상자위대 제7기갑사단 정도를 그런 무력 집단에 쳐줄 수 있다.

나라의 규모에 배해 비정상적으로 과한 전력을 유지하고 있는 대한민국 육군도 그러한 집단이 하나 있다.

북진 선봉 기동군단이라고 불리는 7군단이 육군이 자랑하는 무력 집단이다. 7군단은 맹호와 결전이라는 두 개의 기계화 보병사단을 거느리고 있다. 그리고 각 사단은 육군의 최신형 전차인 K1A1으로 완편된 기갑여단들을 거느리고 있다.

그뿐이 아니다.

7군단은 아시아 최대의 MLRS 전력과 세계에서도 손꼽히는 K-9 자주포로 무장된 제7포병여단까지 거느리고 있다.

북한의 815기계화군단, 이미 소멸한 일본의 제7기갑사단, 중국의 38, 39장갑집단군 등의 동북아시아 유수의 부대보다 강한 최강의 군단이란 칭호가 걸맞은 위용인 것이다.

동북 3성으로 흩어진 9만의 북한군의 목표는 중국 최강의 집단군인 심양군구였다.

심양군구는 러시아 극동군구와 일부 시베리아군구의 남진을 막고 한미연합군의 북진을 막는 임무를 가지고 있다.

그에 걸맞게 심양군구의 전력은 무시무시했다.

심양군구는 대한민국 최강의 7군단과 비슷한 규모의 39집단군을 비롯한 제16집단군, 제40집단군의 3개 집단군에 총 25만의 병력을 보유하고 있다.

그리고 각 집단군은 1개 기갑사단과 2개의 차량화 보병사단 그리고 2개의 차량화 보병여단, 2개의 포병여단, 1개 방공여단, 1개 공병연대를 보유한다.

이외에도 심양군구에는 직할부대로 1개 기계화 보병여단과 1개의 전자전연대, 그리고 1개의 특수 작전팀이 소속되어 있다.

25만에 이르는 병력도 대단하지만 장비도 그에 못지않다. 심양군구는 무려 2,000여 대의 전차와 1,800여 대의 전차를 보유하고 있다.

지상 전력뿐만이 아니다.

심양군구는 예하에 제 1공군을 거느리고 4개 전투기 사단에 1개 지상 공격기 사단까지 편재. 총 1,000여 대의 항공기까지 보유한 동북아에서도 손꼽히는 무력 집단인 것이다.

그러니 단 3만의 보병만으로 1개 집단군을 상대하겠다는 북한군의 계획은 일견 무모하기 이를 데 없었다.

하지만 결과를 놓고 보았을 때 북한군의 전력은 넘치고도 충분했다.

아무리 탁월한 명중률을 자랑하는 전차라고 해도 원거리에서 호버링하며 미사일을 날리는 헬기에게는 꼼짝 못하는 법이다. 심양군구의 전차들에게 북한군의 공격헬기와도 같은 존재였다.

특히 중국 전체 집단군 중에서도 랭킹 1, 2위를 달리는 39집단군의 몰락은 무혁의 등장으로 현대 지상전의 양상이 확연히 변하고 있음을 증명하는 것이었다.

심양 인근에서 시작된 전투는 기존의 전투와는 괘를 달리했다.

우선 북한군은 일정한 편제를 갖추지 않고 사면과 상공에서 39집단군을 감싸고 접근했다.

대응에 나선 39집단군 산하 방공여단은 자신들이 선택할 수 있는 방법이 거의 없음을 깨달았다.

방공여단에서 장비한 HQ−16 지상발사형 중거리 대공미사일을 필두로 한 중 단거리 대공 미사일들은 미사일들은 모두 레이더 유도 미사일들이다.

하지만 북한군은 레이더에 전혀 탐지되지 않았다.

견착식 대공미사일인 QW−18도 사용불가는 마찬가지였다. QW−18는 미국의 유명한 스팅어 미사일과 같은 적외선 유도미사일이다. 적의 열원을 탐지해 발사되는 미사일이란 의미다.

하지만 날아오는 북한군은 QW—18의 적외선 시커에 전혀 탐지가 되지 않았다.

결국 방공여단이 선택한 방법은 PGZ—95 25㎜ 4연장 자주 대공포를 비롯한 대공포들을 육안으로 조준해 난사하는 것이 었다.

처음에는 성과가 있는 것처럼 보였다. PGZ—95가 뿜어내는 25㎜탄을 맞은 북한군들이 낙엽처럼 떨어지기 시작했다.

인민해방군은 환호성을 질렀다. 하지만 그것도 잠시 그들은 내뱉던 환호성을 집어삼켜야 했다.

떨어지던 북한군들이 불사조처럼 다시 날아올랐기 때문이다.

방공여단이 대응불능 상태에 빠지자 그 다음에 남은 일은 일방적인 살육뿐이었다.

중국이 자랑하는 99식 탱크는 러시아의 2A46M—1 125㎜, 50구경장 활강포를 카피한 ZPT98 활강포를 애처롭게 쏘아대며 저항했다. 하지만 북한군은 ZPT98 활강포의 고각 위에서 인민해방군을 희롱했다.

그리고 북한군이 휘두르는 건블레이드에 수수깡처럼 잘려 나갔다.

부무장으로 장비한 7.62㎜ 동축기관총 1문과 전차장용의

12.7㎜ Type 85식 중(重)기관총 1문도 불을 뿜었지만 항공기를 대상으로 하는 장포신 25㎜탄에도 견디는 괴물들을 쓰러뜨릴 수는 없었다.

두 시간에 걸친 전투는 일방적인 북한군의 승리로 끝을 맺었다.

그리고 세계의 모든 이목이 북한군에 쏠렸다.

그도 그럴 것이 북한군은 현대전에서 필수 요소로 자리 잡은 보급문제를 완벽하게 해결한 최초의 군대였고, 무기 또한 기존의 무기와는 완전히 다른 방식으로 작동했기 때문이다.

*   *   *

중국이 유일하게 우방이라고 말할 수 있는 북한의 기습은 중남하이의 공산당 지도부를 패닉 상태로 빠뜨렸다.

"말이 됩니까? 고토회복이라니요? 지금까지 북한은 그 점에 대해 단 한 번도 언급한 적이 없지 않습니까?"

후진타오 주석의 얼굴은 붉게 상기되어 있었다.

중국인민들이 굶어 죽어도 북한에의 지원을 끊지 않은 것이 중국이다. 후진타오는 그 점을 지적했다.

"우리 중국이 북한에 지금까지 지원한 돈이 한두 푼입니까? 사실 북한이 국가로서 존립할 수 있었던 것은 중국의 도움 때문 아닙니까?"

"맞는 말씀입니다. 하지만 김정은 그 애송이는 나이가 어려서인지 말이 통하지 않습니다."

"허~ 참! 답답할 일입니다. 김정일이는 그래도 말이 통하는 상대였는데……. 그건 그렇고 김정은이 고토회복이라는 말도 안 되는 이유를 내건 속내가 뭡니까?"

"북한에서는 고구려를 중국의 역사에 편입시킨 동북공정을 비난하고 있습니다. 동북공정 자체가 북한을 중국에 편입시키기 위한 책동이고, 그래서 방어차원에서 선제적 공격을 했다는 논리입니다."

"크~ 음."

후진타오가 신음을 내뱉었다.

그를 비롯해서 동북공정이 얼마나 억지인지 모르는 사람은 이곳에 없다.

여기 있는 사람들이 동북공정의 진정한 입안자이기 때문이다.

사실 동북공정의 진정한 목표는 북한을 겨냥한 것이 아니라 빈약한 간도 지역의 영유권을 확고히 하기 위함이었다. 역사적 사실을 돌이켜 보더라도 간도는 일본이 불법적으로 만주국에 넘겨준 장물과도 같았기 때문이다.

중국지도부는 대한민국과 북한과의 통일 이후를 대비해야

했다.

그 일환으로 통일한국이 요구해올 지 모를 간도반환에 대해 이론적 토대를 만들기 위한 것이 바로 동북공정이었다. 다만 일부 멍청한 학자들이 공산당 지도부의 뜻을 확대해석해서 고구려는 물론, 백제와 신라까지 중국의 역사라고 주장해 대한민국과 북한을 자극한 것이 문제였다.

"천빙더(陳炳德) 상장 대책은 어떻습니까?"

후진타오는 인민해방군 총참모장 천빙더에게 질문을 던졌다.

"북경 군구와 북상한 제남 군구가 만리장성 외각에서 북한군을 기다리고 있습니다. 그리고 여기 계신 공군 사령원 쉬치량(許其亮) 상장 휘하의 모든 항공기들도 북경 인근에 대기 중입니다. 다만 제2포병이 문제입니다."

"문제라니요. 우리 땅에 핵을 사용할 수는 없지 않습니까? 이번 전투에서 제2포병이 나설 상황은 북한을 공격하는 경우뿐입니다."

천빙더 상장은 옆에 앉은 제2포병 사령원 징즈이완(靖志遠)의 눈치를 살짝 본 후 말했다.

징즈이완 상장의 얼굴은 마치 시체처럼 푸르죽죽한 상태였다.

"아시다시피 개전과 동시에 심양군구가 위치한 동북삼성

의 제2포병기지인 51베이스 산하 96111, 96113, 96115 기지
와 통신이 두절되었습니다. 그리고 몇 시간 후, 북경군구 지
역의 7개 발사기지도 모두 통신두절 상태입니다.”

“말이 됩니까? 제2포병은 중국의 창입니다. 그런 창이 사
용도 하기 전에 무용지물이 되다니요.”

후진타오는 격노했다. 티베트 지역의 발사기지 2개를 잃은
지 불과 1년밖에 안됐다.

그런데도 제2포병은 무엇을 했단 말인가.

제2포병이 가진 특수성과 사태 해결 후 문제의 책임을 떠
넘기기 위해 징즈이완 상장을 숙청하지 않은 자신이 미워졌
다.

하지만 천빙더 상장의 말은 시작에 불과했다.

후진타오 주석의 질책에 우물쭈물대던 진즈이완 상장은
힘겹게 입을 열었다. 그의 입에서 흘러나오는 말은 좌중을 얼
어붙게 만들었다.

“회의에 들어오기 바로 전 한 가지 보고를 받았습니다. 말
씀드리겠습니다. 침묵한 심양의 51기지뿐만이 아닙니다. 남
경의 52기지, 성도의 53기지, 제남의 54기지, 광주의 55기지,
난주의 56기지 산하 16개 발사여단에 소속된 71개의 발사기
지 전체가 침묵했습니다. 이제 중국의 핵전력은 진(晉)급 전
략미사일 탑재 잠수함을 비롯한 잠수함 발사 유도탄밖에 남

아 있지 않습니다."

"……"

"……"

회의실 안은 폭탄을 던진 후처럼 조용해졌다.

말을 마친 진즈이완 상장이 자리에서 일어났다. 그리고 정중하게 고개를 숙였다.

"무… 무슨?"

진즈이완 상장은 질문에 대답하지 않았고 벽을 향해 달리기 시작했다.

퍽~!

명예를 중시하는 진즈이완 상장이 선택한 길은 대리석 벽에 머리를 부딪쳐 자살하는 것이었다. 운남성 대리국의 특산인 회백색 대리석이 진즈이완 상장의 머리에서 뿜어져 나온 피와 뇌수로 얼룩졌다.

"……"

"……"

그나마 정신을 차린 총장비부장 장창완구이안(常万全) 상장이 해군 사령원, 우성리(吳胜利) 해군상장에게 물었다.

한 사람의 생명도 중요하지만 자신들은 중국의 운명을 양어깨에 걸머진 사람들이란 생각이다. 다른 사람들도 진즈이완 상장의 시체에서 고개를 돌리고 대책마련에 나섰다.

"전략 미사일 잠수함 전력은 어떻게 됩니까?"

"조금 전 언급된 진(晉)급 잠수함 4척과 상(商)급 잠수함 4척, 그리고 한(漢)급 잠수함 2척 마지막으로 골프급 잠수함 1척입니다. 보유 미사일 수는 모두 해서 120기입니다. 하지만 실제로 운용되고 있는 잠수함은 진급 2척과 한급 1척뿐입니다."

우성리 상장이 곤욕스럽다는 듯 말했다. 중국으로서 핵 잠수함 건조는 아직 넘을 수 없는 벽과 같았다.

"잠수함은 이번 전쟁에 쓸 수 없습니다. 전략 잠수함은 중화의 마지막 힘입니다. 이번 전쟁의 결과에 상관없이 중화가 대국으로 남을 수 있는 유일한 수단이란 말입니다. 우성리 상장은 다른 잠수함들이 현역에 복귀하도록 수단과 방법을 가리지 마세요. 그리고 최대한 보호하세요. 그마져 사라지면 중화는 인구만 많은 삼류국가로 전락합니다. 아편전쟁의 치욕을 잊어서는 안 됩니다."

고민하던 후진타오 주석이 결론을 내렸다.

전투 결과를 보고받은 무혁은 크게 기뻐했다.

"형 말을 듣길 잘했어."

"그렇지? 크크크크"

김진수는 입을 벌리고 웃었다.

실질적인 왜 자치구의 총독인 김진수는 요즘 하루하루가 즐거워서 어쩔 줄 모르고 있는 상태였다. 그는 왜에서 자신의 취미 생활을 마음껏 누리고 있었다.

"프로텍터를 입은 보병에게 기존의 전투 교리를 적용할 수는 없지. 암, 암, 난 천재야."

북한군이 중국 인민해방군의 방공 고사포의 직격에 견딜 수 있었던 것은 모두 김진수의 조언 덕분이었다.

그는 기계화된 현대의 화력에 맞서려면 최소한 운동 에너지탄에 의한 병력손실은 없어야 한다고 주장했다.

"전차포에 직격되면 방법이 없어, 전쟁에 한 명의 사망자도 나오지 않게 하는 것은 사치야. 하지만 총탄이라면 이야기가 달라. 목표는 30㎜ 포야."

그리고 7.25㎜ 기관총 몇 발에 깨어져 나가는 방어력을 가지고 있던 기존 프로텍터의 방어력을 높이려는 개량에 들어갔다.

하지만 실드 마법만을 강화시키는 것은 기존 마법과의 중첩 문제로 문제가 많았다. 아스란 섬 전 연구 인력이 달라붙어 개발해낸 방법은 플라이 마법을 제외한 모든 보조 마법진을 삭제하는 것이었다.

그리고 그 공간에 강력한 실드 마법진을 중첩해서 설치했다.

필요한 대용량의 마나는 마나 카트리지가 가득 든 백팩을 공급하는 것으로 해결했다.

물론 3발 이상의 연속된 타격에는 실드가 깨져나가지만 전쟁에서 30㎜탄 3발의 직격에도 살아남을 수 있다는 것만 해도 보병에게는 충분하고도 남을만한 방어력이었다.

마나 카트리지가 가득 든 백팩을 기본 장비화 하면서 얻어지는 이점도 있었다. 플라이 마법의 사용 시간이 대폭 증가했다.

덕분에 북한군은 보병이 공군과 보병 역할을 동시에 수행하는 최초의 마법군으로 거듭날 수 있었다.

두 사람의 대화를 듣고 있던 길우영 대통령이 나섰다. 그의 표정은 대승에도 불구하고 그리 좋지 않았다.

"중국에서 격렬하게 항의를 하고 있습니다."

"북한이 아니고 한국에?"

"그렇습니다. 중국은 북한군이 사용하는 장비들의 특성이 페카드의 장비와 유사하다고 주장합니다."

"짱개들도 멍청이는 아니군. 그래서 뭐라고 했어?"

"지시하신 대로 대한민국은 일절 관계가 없다고 대꾸해줬습니다."

"그래, 아직 대한민국은 전면에 나서면 안 돼. 일본을 집어삼킨 것만으로도 경계의 눈초리가 너무 심하거든."

무혁은 동아시아의 혼란은 이 정도가 딱 좋다고 여겼다. 처

음부터 중국을 집어삼키거나 중국의 생산시설을 파괴할 생각
은 없었다. 그러기에는 중국이 세계 경제에 차지하고 있는 비
중이 너무 컸다.

그저 북한군으로 하여금 중국군의 주력을 소멸시키는 정
도로 좋았다.

"이번에 사라진 심양군구를 비롯해서 북경군구, 제남군구,
2포병의 완전소멸까지가 딱 좋아."

그렇게 되면 중국은 알아서 혼란 상태로 접어들 것이 분명
했다. 그것이 주변국 중 우방이 없는 중국의 업보였다.

이빨 빠진 늙고 병든 호랑이를 무서워할 사슴은 없기 때문
이다.

"미국은 뭐랍니까?"

"상업시설이 아닌 핵을 포함한 주요 국방력만 소멸시키는
데 찬성했습니다. 사실 저도 의외입니다."

"의외라니요?"

"일본의 문제도 그렇고 이번 문제도 그렇고 미국이 한국에
너무 협조적입니다. 러시아와 유럽도 마찬가지구요."

"자국의 이익에 부합되고 미래중공업과 매직 컴퍼니를 통
한 당근이 통한 것 아닙니까?"

"그건 그렇지만 찝찝한 것은 사실입니다. 미국이 너무 움
츠려 있다는 인상을 지울 수가 없습니다."

무혁은 길우영 대통령의 대답에 상념에 잠겼다.

'유다!'

제일 먼저 떠오른 이름은 유다였다.

나이를 먹지 않은 인간이라는 유다. 가설에 불과했지만 이세영은 유다가 예수를 팔아먹은 바로 그 유다라고 주장했다.

이세영의 가설이 맞다면 유다가 가진 힘의 크기는 무혁이 상상하기 힘들만큼 거대할 것이다. 그리고 무혁의 존재도 이미 알고 있다고 봐야 했다.

다만 의문점은 어째서 자신을 그냥 두고 보고 있냐는 것이다. 적은 성장하기 전에 싹을 제거하는 것이 원칙이다. 하지만 지금까지 상황만 두고 보면 유다는 오히려 자신이 성장하는 것을 도와주고 있는 형국이었다.

'한 번은 만나봐야겠지.'

무혁은 그 정도로 생각을 정리했다. 눈에 잡히지 않는 유다로 고민하기에는 당면한 문제가 너무 많았다.

CHAPTER 87

제국의 성립

리보니아 검의 형제 기사단이란 기사단이 있었다.

리보니아 검의 형제 기사단은 1202년에 리가의 주교가 설립한 기사단으로 1204년에 교황 인노첸시오 3세의 정식 인가를 받은 템플기사단이었다.

리가의 주교는 당연히 유다였다.

당시 리보니아 지역(오늘날의 라트비아와 에스토니아 지역)은 이교도의 침입이 잦은 지역이었다. 유다는 그곳에서 현지의 이교도 원주민들과 전투를 벌여 지역 전체를 평정했다.

그리고 정복한 지역의 이교도들을 신의 이름으로 처단했다.

당시 유다는 신에게 자신의 잘못을 빌고 싶어 했다. 노구를 이끌고 세상을 떠도는 일이 너무 힘들었다.

그래서 생각해낸 방법이 이교도 처단이었다. 하지만 그의 선택이 실패로 돌아갔다는 것을 알게 되는 데는 별로 오랜 시간이 걸리지 않았다.

불과 20년 후 리보니아 검의 기사단은 이교도인 리투아니 아군에게 대패했다. 기사단의 시체 더미 속에서 되살아난 유다는 비로소 신이 자신을 용서할 생각이 없다는 사실을 인정했다.

그런 유다가 200명이 젊은이들을 리보니아 기사단이라고 이름 붙인 것은 어쩌면 그의 고집이었다.

당연한 이야기지만 리보니아 기사단의 검은 신의 적이 아닌 신에게 향할 것이었다.

'인간이 아니야. 나도 저 틈에 끼고 싶어.'

헤르메스 주교, 즉 빌 게이츠는 리보니아 기사단이 만들어내는 불과 물과 얼음들이 거대한 지하공간을 채우는 모습을 지켜보며 질투심에 휩싸였다.

'저들은 단지 유다의 유전자 한 조각을 운 좋게 얻었을 뿐이야.'

리보니아 기사단의 실력은 유다의 경험을 바탕으로 일취월장하고 있는 중이었다.

“헤르메스 주교, 아니 빌. 이건……. 뭐라 말할 수가 없군요.”

빌 게이츠와 함께 리보니아 기사단의 훈련을 지켜보던 흑인 중년 남성이 고개를 설레설레 흔들었다.

“버락, 당신이 보고 있는 이건 아무것도 아닙니다. 당신은 미국의 대통령입니다. 그렇지만 세상의 주인은 당신이 아니지요. 세상에는 당신이 모르는 어두운 그림자가 얼마든지 있습니다.”

오바마 대통령은 시니컬한 빌 게이츠의 말에 긍정했다.

사람이 영생하고 하늘을 나는 장면을 보고서 아무것도 느끼지 못한다면 그것이 바보일 것이다.

건장한 체구에 날카로운 눈매를 가진 금발 남자가 두 사람이 대화에 끼어들었다.

“내가 처음 KGB 장관의 자리에 올랐을 때 내가 충성을 바쳐야 할 상대가 조국이 아닌 다른 대상이란 사실을 알게 되었죠. 그때 받은 충격을 뭐라 설명할 수 있을까요. 소련과 미국의 군비경쟁이 한 사람의 의지에 의해 조종되고 있다는 사실을 정말 믿기 힘들었습니다.”

“블라드미르, 당신도 나와 같은 경험을 했군요. 난 미국과 미군이 세계 평화의 수호자인줄로만 알았습니다. 하지만 실체는 한 인간이 사병(私兵)이더군요. 그때의 황당함이란……."

"말조심하십시오. 한 인간이라니요. 그분은 신과 인간의 지배자이십니다. 그리고 역사 그자체이시지요. 항상 케네디 대통령을 잊지 마시길 충고드립니다."

빌 게이츠가 러시아의 실질적인 지배자인 푸틴 총리의 의견에 답하는 오바마 대통령에게 주의를 주었다.

하지만 오바마 대통령은 빌 게이츠의 충고에 그다지 신경 쓰지 않는 눈치였다.

"난, 인간입니다. 그리고 신의 존재를 믿습니다. 인류가 쌓아온 문명이 한 사람의 아니 당신의 말대로 한 절대자의 손길에 의해 이루어졌다는 사실을 인정할 수 없습니다."

"오바바 대통령!"

"왜요? 제 말이 틀렸습니까? 당신의 말에 의해면 유다는 자신의 목적을 위해 인간을 도구로 사용했습니다. 그리고 더 화가 나는 것은 나와 피부 색깔이 같은 인간을 가축 취급했다는 사실입니다. 유다도 검은 피부를 가지고 있으면서도 그는 백인이 우월하면서 수십만, 수백만의 유태인을 학살한 히틀러 따위를 측근에 두고 있지 않습니까?"

"……."

빌 게이츠는 말문이 막혔다. 한 번도 생각해보지 못한 의문이었다. 그의 의문에 답을 해준 사람은 어느덧 나타난 유다본인이었다.

"버락, 어리석구나."

"……."

"난 오히려 백인들을 도구로 사용했다. 별다른 이유는 없다. 내가 신에 대적하기로 결심했을 당시 난 개인이었고, 이미 그때는 백인들의 세상이었으니까. 그리고 백인들은 충분히 탐욕스러웠거든……."

"중국도 인도도 있었습니다. 당신은 괴변을 늘어놓고 있습니다."

"허허~ 중국과 인도라……. 내가 노구를 이끌고 가기에는 너무 먼 곳에 있지 않느냐. 그것이 전부다. 난 인간이 평등하다고 생각한다. 물론 나의 종으로서 말이다. 그리고!"

오바마의 도발에 조용히 대답하던 유다의 눈빛이 변했다. 유다는 천천히 오바마에게 손을 뻗었다. 그리고 말했다.

"종은 주인의 행사에 왈가왈부하는 것이 아니란다."

오바마의 신형이 조금씩 허공으로 떠올랐다. 버둥거리던 오바마가 손으로 목을 잡았다. 숨을 쉴 수 없었다.

"그리고 네가 믿는 신이 그러했듯이 나도 너희들의 생각이나 삶 따위는 전혀 관심이 없다. 땅속에서 비루한 삶을 이어가는 개미 하나하나의 개체들이 어떤 생각을 하는지 관심있는 인간이 얼마나 되겠느냐."

“꺼억! 잘… 잘못… 했… 습…….”

“그래, 그래 잘못했지. 암. 그래. 그래야지.”

유다가 시전을 돌리자 허공에 떠 있던 오바마가 돌멩이처럼 바닥으로 떨어졌다.

털썩!

“헉, 헉, 헉!”

가쁜 숨을 내쉬는 오바마 대통령에 유다가 말했다.

“이제 이야기를 해보려무나.”

“네……. 넵. 지배자시여. 중국의 핵전력은 무력화됐습니다. 그리고 재래식 전력 또한 기존의 10퍼센트만 남고 와해되었습니다.”

“러시아의 판단도 마찬가지입니다. 한 가지 이상한 점은 북한군이 다시 철수했다는 점입니다. 영유권을 주장하던 간도에서도 북한군의 모습은 볼 수 없습니다.”

오바마 대통령의 말이 끝나기가 무섭게 푸틴 총리도 보고를 시작했다.

두 사람의 보고를 들은 유다는 새삼 무혁의 진실된 목적이 무엇인지 궁금했다. 힘을 가지고 있으면서 사용하는데 왜 그리 망설이는지 이해가 되지 않았다.

“긍정적인 측면은 산업시설의 피해가 전무해서 세계 경제에 별다른 영향이 없다는 점입니다. 그리고 이번 중국의 몰락으로 국제사회에 대한 미국의 발언권도 증대되었습니다. 다만 대한민국과, 북한, 그리고 클리페움 데이의 연계가 앞으로 어떻게 작용할지는 미지수입니다."

오바마 대통령의 설명을 들은 유다는 빌 게이츠에게 질문을 던졌다.

"유전자 조작은 어떻게 되고 있나?"

"테스트 단계에 들어갔습니다. 히스패닉 불법체류자들을 상대로 한 실험에서 4퍼센트의 확률로 성공을 거두었습니다. 지금은 그 성공률을 높이는 일에 중점을 두고 있습니다."

유다는 200명의 리보니아 기사단만으로는 부족하다고 생각하고 있었다. 문무혁은 이미 대한민국과 북한군을 합쳐 100만에 달하는 마법전사를 보유 중이었다.

중국과 북한군의 전투에서 드러났듯이 기존 전력으로 마법전사들을 이길 방법이 없었다.

유다의 생각은 오해였다.

유다는 마법사를 양산하려 했고, 무혁은 마법무기를 보급하고 있는 상황이었다.

어쨌든 그래서 생각해낸 방법이 후천적인 유전자 조작이었다. 유전자 조작에 실패한 사람들이 목숨을 잃는다는 사실 따위는 전혀 안중에 없었다.

유다의 질문은 이어졌다.

"문양에 대한 조사는?"

"중국과 북한의 대전에서 획득한 장비들을 저희 과학자들
이 정밀 분석하고 있습니다. 그 과정에서 과학자들은 로봇에
새겨진 문양과 같은 문양 두 개를 발견했습니다."

빌게이츠의 보고에 유다가 관심을 보였다. 처음으로 문양
에 대한 실마리가 잡혔다.

"그래?"

"리보니아 기사단 기사들의 도움으로 확인해본 결과 첫 번
째 문양에 기사들이 마나를 주입하면 반투명한 막이 형성됨
을 알 수 있었습니다. 그리고 그 막은 물리적인 타격을 막아
내는 특성을 지녔습니다. 다만 기사들은 막을 5분 이상 유지
하지 못했습니다. 두 번째 문양은 문양이 새겨진 갑옷을 허공
으로 띄우는 역할을 합니다. 과학자들은 미래중공업의 중력
차단장치의 원리라고 생각하고 있습니다."

"5분이라⋯⋯. 그리고 날 수 있다."

하늘은 나는 문양을 발견한 것은 획기적이지만 방어 시간
은 한심한 수준이었다. 희망과 실망이 교차했다.

유다는 수거된 프로텍터를 가져오게 했다. 그리고 자신이
직접 마나를 주입해보았다.

투명한 막의 지속시간은 획기적으로 늘어났다.

하지만 이어진 방어력 시험에서 막은 소총탄만을 겨우 막

아낼 수 있을 뿐이었다.

함께 수거된 백팩 안에 든 자수정 주머니가 무언가 역할을 하고 있는 것이 분명했다. 그렇지만 자수정이 어떤 방식으로 마나를 공급하는지 알 길이 없었다. 다만 또 다른 문양들이 그 역할을 하고 있다는 사실을 짐작할 수 있을 뿐이었다.

모든 비밀은 문무혁이 가지고 있었다.

유다는 문무혁이 가진 힘의 비밀을 알고 싶었다.

그는 그 힘이 예수가 자신을 영생하게 만든 힘이라고 생각했다.

유다의 생각이 맞는다면 무혁의 힘은 신의 힘이었다.

"아무래도 문무혁이란 아이를 만나봐야겠어. 하지만 그 전에 할 일이 있지."

유다는 신중한 사람이었다.

그는 심장을 돌고 있는 고리의 숫자를 세어 보았다. 몇 번이고 몇 번이고 확인한 고리의 숫자는 모두 8개이다.

'몇 개가 끝인 것이냐. 그리고 이 고리로 무엇을 할 수 있는 것이냐. 문무혁!'

그는 열심히 훈련 중인 리보니아 기사단을 바라보았다.

아직은 멀었다.

리보니아 기사단은 더욱 강해져야 했다.

'이제 겨우 3개의 고리. 최소한 5개는 되어야……'

시간이 필요했다.

그리고 나서도 먼저 리보니아 기사단을 보내 문무혁의 진실한 힘을 측정해보는 것이 우선이었다.

*   *   *

길우영이 대한민국 대통령으로 취임한 이후 동북아시아는 격동의 세월을 보내고 있었다.

우선 북한이 전폭적인 개방에 나섰다.

거의 모든 무기를 스스로 감축했고, 국제 감시단에 핵시설과 핵무기를 인도했다.

대한민국과의 경제협력도 탄력을 받았다. 개성공단은 동북아 최대의 산업단지로 발돋움하고 있었다.

그에 따라 북한 주민들의 생활상도 많이 변했다.

합의에 의해 아직은 남북 간의 자유로운 통행이 불가능했지만 최소한 학생들만은 유학을 목적으로 남쪽으로 올 수 있는 길이 열렸다.

남쪽의 전파가 북쪽의 하늘을 뒤덮었다.

북한 사람들은 남쪽의 텔레비전을 보면서 문화적인 차이를 느꼈다. 하지만 의외로 큰 충격은 없었다. 교류 이전에도 알 만한 사람은 모두 남쪽의 음악과 드라마를 보고 있었던 탓이다.

무혁은 북한을 연착륙시키고 싶어 했다.

당장 남북 간의 통행을 자유화시키면 북한인들은 남한의 최하층으로 전락할 것이 분명했다.

남북 간의 문제는 경제적 차이보다 문화적인 차이가 더 크다고 생각한 무혁은 'Hip don't lie(엉덩이는 거짓말을 하지 않는다)'를 외치면서 한국 여자 아이돌들의 북한 공연을 적극 후원했다.

구소련이 개방하면서 구미(歐美)의 락(Rock)이 주는 강력한 충격에 빠졌듯이 북한주민들은 아리따운 소녀들이 흔들어대는 엉덩이에 열광했다.

단편적인 일면이지만 무혁은 그만큼 북한 주민들을 애정으로 대했다. 어쨌든 그들은 불쌍한 사람들이었다.

그와 함께 김일성과 김정일을 조금씩 지워나가는 일도 병행되었다. 하지만 그 일은 무척이나 신중하게 진행되었다.

"부정부패와 부정 선거로 쫓겨난 이승만도 국부라고 생각하는 이들이 아직도 대한민국에서 버젓이 살고 있어, 박정희 대통령도 마찬가지지. 난 그의 공과 과를 전부 평가하는 사람이지만 무조건적인 우상화는 광신도와 다를 바 없어. 김일성과 김정일의 경우는 더하지 무려 50년간 우상화가 진행되었으니. 사람은 자신이 믿어왔던 사실을 스스로 부정하는 것을 두려워해. 북한주민들도 마찬가지야. 그들에겐 자신들의 믿어 왔던 것이 거짓이라고 인정할 시간이 필요하단 말이지."

빨리빨리 해치우자는 길우영의 질문에 무혁은 그렇게 대답했다.

북한이 알을 깨고 몸부림치는 사이에 일본이 역사의 뒤안길로 사라졌다.

무혁은 일본의 모든 것을 무로 돌리고 있었다.

"일본이 이룩한 것은 한반도가 준 토대 위에서 이루어진 거야. 일본이 진실을 부정했으니 다시 돌려받아야지."

왜(倭)라는 이름을 되찾은 일본은 농사와 관광, 그리고 문화가 주인 지역으로 변모하고 있었다.

무혁이 원하는 일본은 지배자들이 먹고 즐기고 누릴 물산을 생산해내는 노예들의 땅이었다.

다만, 무혁은 일본인에게 한 가지 여지를 남기고 있었다.

김진수가 일본 총독으로 떠나기 직전 무혁은 다음과 같은 말로 자신의 생각을 밝혔다.

"일본인은 단 한 번도 민중의 힘으로 역사를 바꿔본 적이 없어. 가능성이 극히 희박하지만 그들이 3.1운동과 같은 대규모 국권 회복운동을 벌일 수 있다면 난 일본에게 다시 한 번 기회를 줄 거야. 그래봤자 제국에 편입될 다른 나라들과 동등한 지위지만 말이야."

북한과의 일방적인 전투가 끝난 후 중국은 나락으로 빠져 들었다.

우선 러시아는 노골적으로 연해주에 군사력을 증강했다. 하지만 중국은 러시아의 압박에 저항할 방법이 없었다.

러시아뿐만이 아니라 자치주들이 들썩이기 시작했다.

그중에서 가장 거대한 소요가 일어난 곳은 티베트가 아니라 신장위구르 자치주였다.

애초부터 중국인들과는 확연히 다른 외모와 종교를 가지고 있는 위구르인들은 역사와 종교 그리고 문화가 같은 중앙아시아 국가들로부터 무기를 공급받아 반란을 일으켰다.

그중에서도 위구르인들을 전폭적으로 돕고 있는 나라는 역시 나타샤가 대통령으로 재직 중인 키르기스스탄이었다.

나타샤는 마법무기로 교체중인 대한민국의 전투 장비를 공여받았다. 그리고 키르기스스탄군이 보유한 기존 러시아제 무기들을 위구르인들에게 아낌없이 공급해주었다.

소수 민족 자치구들이 들썩이자 그곳에서 부를 누리던 한족들이 원주인들에게 밀려 내륙과 동부 해안지역으로 밀려들었다.

그들은 먹고 살기 위해 1위안에도 목숨을 걸었다. 쏟아져 들어오는 인력 덕분에 기업들은 치솟던 인건비를 절감할 수 있었다.

인건비가 하루가 다르게 바닥으로 떨어졌다.

그리고 결과로 그나마 중국을 지탱하던 중산층이 무너졌다.

그러자 소란은 가중되었다.

이미 포화 상태인 해변 지역 도시들은 연일 터지는 살인과 강도 등 강력사건으로 몸살을 앓아야 했다.

그런 소란 속에서도 중국 지도부가 선택할 수 있는 경우의 수는 극히 제한적이었다. 그나마 남아 있는 군사력을 동원해서 겨우 겨우 임시방편으로 소요사태를 진압할 뿐이었다.

그렇게 대국굴기(大國崛起:큰 나라로 일어서다)를 꿈꾸던 중국은 넘쳐나는 인의 바다를 헤쳐 나가야 하는 처지에 놓이고 말았다.

동북아시아에서 멀리 떨어진 아프리카도 몸살을 앓고 있었다.

시발점은 콩고였다.

조셉 카빌라 콩고 대통령은 북한제 무기를 앞세워서 철천지원수와도 같은 르완다를 침략했다.

르완다군은 북한군 군사고문단에게 철저하게 훈련받아 정예군으로 거듭난 콩고군의 상대가 되지 않았다.

콩고군의 침략을 받은 르완다의 투치족은 우간다, 부룬디 등으로 흩어져 게릴라전을 전개했다.

조셉 카빌라는 후투족이 국민의 대부분인 앙골라, 짐바브웨, 나미비아, 잠비아를 끌어들였다.

중부 아프리카 전체를 뒤덮는 국제전 양상으로 상황이 악화되자 UN이 황급히 중재에 나섰다. 하지만 이해할 수 없는 미국과 러시아의 미온적 반응과 제 코가 석자인 중국의 불참으로 중재는 실패로 돌아갔다.

결국 수년간 이어진 전쟁은 콩고, 앙골라, 짐바브웨, 나미비아, 잠비아 연합군의 승리로 끝을 맺었다.

하지만 조셉 카빌라는 만족하지 않았다.

그는 동맹국이었던 앙골라, 짐바브웨, 나미비아, 잠비아를 동시에 침공하기 시작했다.

힘겨울 것이라 누구나 예상했던 생각했던 전쟁은 싱겁게 콩고군의 승리로 끝났다.

이미 아프리카 최대의 종교로 성장한 크리페움 데이 교단이 앙골라와 짐바브웨, 나미비아, 잠비아 대통령을 파문했기 때문이다.

다음날 '악마' 가 나타나 각국의 대통령을 씹어 삼키는 광경이 텔레비전 전파를 탔다.

악마를 막을 수 있는 유일한 힘인 클리페움 데이 교단은 신의 전사인 콩고군에 대항하는 모든 사람은 파문할 것이라 경고했다.

악마는 클리페움 데이로 개종하지 않는 이들에게 나타난다는 것은 아프리카인들에게는 상식이었다.

각국의 군인들은 총을 거꾸로 잡고 집으로 돌아갔다.

군인이 없으니 전쟁을 할 수 있을 리 없다.

그렇게 중앙 아프리카 전역을 휩쓴 전쟁은 싱겁게 막을 내렸다.

조셉 카빌라 대통령은 앙골라, 짐바브웨, 나미비아, 잠비아, 르완다, 부룬디, 우간다를 아우르는 대제국을 건설했다.

면적만으로 따지면 유럽대륙보다 넓은 면적의 나라다. 게다가 이곳은 자원의 보고이기도 했다.

모든 것이 끝났다고 생각될 무렵 조셉 카빌라 대통령은 다시 전 세계가 깜짝 놀랄 한 가지 발표를 했다.

─지금 이 순간 나 조셉 카빌라는 신(神)의 신실(信實)한 종의 자격으로 콩고 민주공화국을 클리페움 데이 교단에 봉헌(奉獻)합니다. 콩고 민주공화국은 오늘부로 클리페움 데이 교국(敎國)으로 개명합니다. 이를 거부하는 자는 악마의 방문을 피할 수 없을 것입니다.

저는 그동안 맡아왔던 콩고 민주공화국 대통령의 자리에

서 물러나 한 명의 신자로서 신께 기도하는 삶을 살고자 합니다.

　저에게 조그만 바람이 있다면 클리페움 데이 교단의 사제 학교에 입학할 수 있는 허가를 받는 것입니다.

　카톨릭의 본산인 바티칸을 제외한 종교국가가 사라진지 수백 년.

　역사를 거스르고 제정일치의 국가가 탄생했다.

　교황 김성준은 조셉 카빌라의 봉헌을 기쁜 마음으로 받아들였다.

　세상 사람들은 놀라워했고, 우려의 눈으로 새로 출범한 클리페움 데이 교국을 바라보았지만 이 모든 일련의 흐름이 무혁이 쓴 시나리오대로라는 사실을 아는 사람은 극히 일부분이었다.

　그렇게 클리페움 데이 교국이 성립하고 다시 5년이란 시간이 흘렀다.

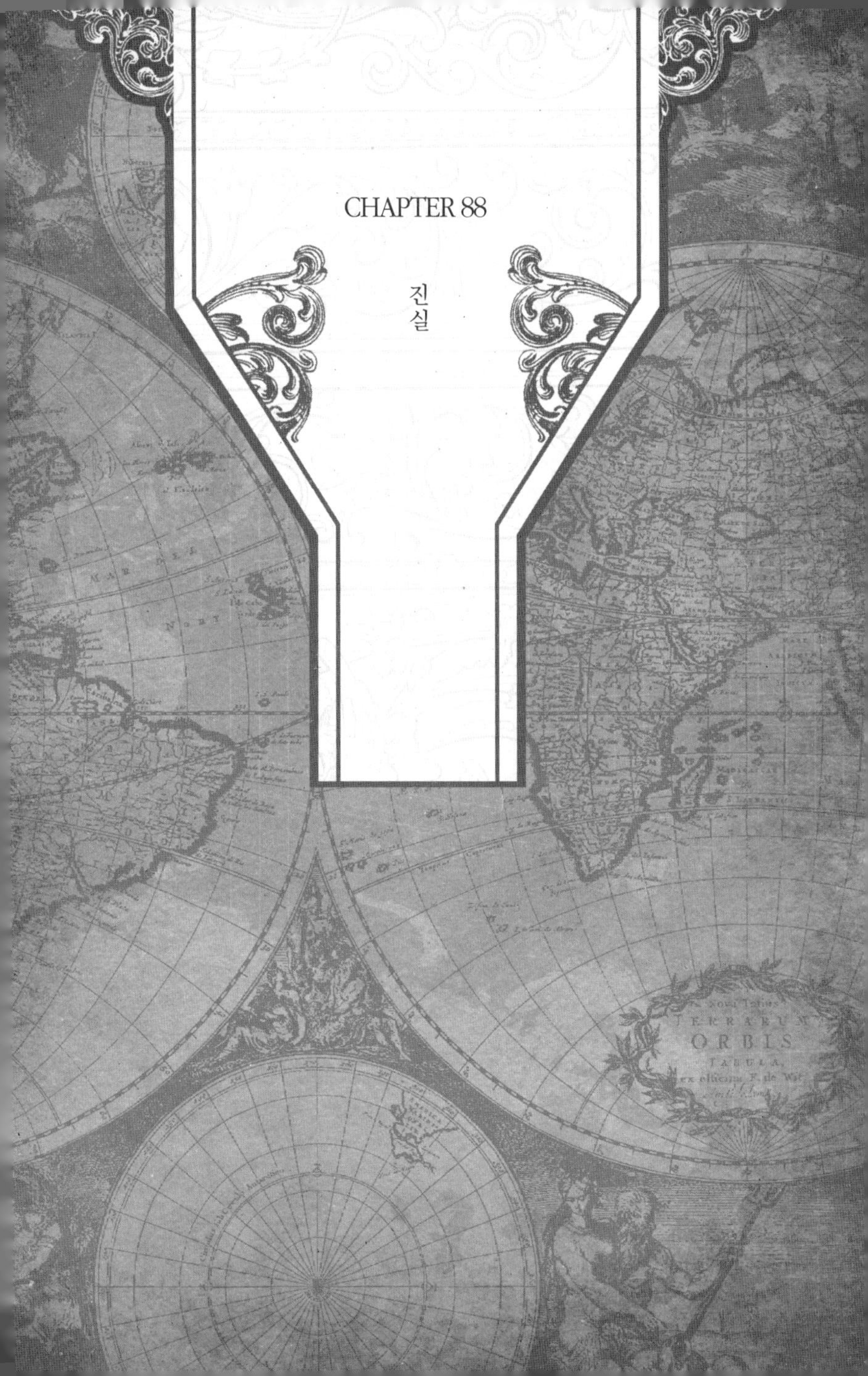

CHAPTER 88

진
실

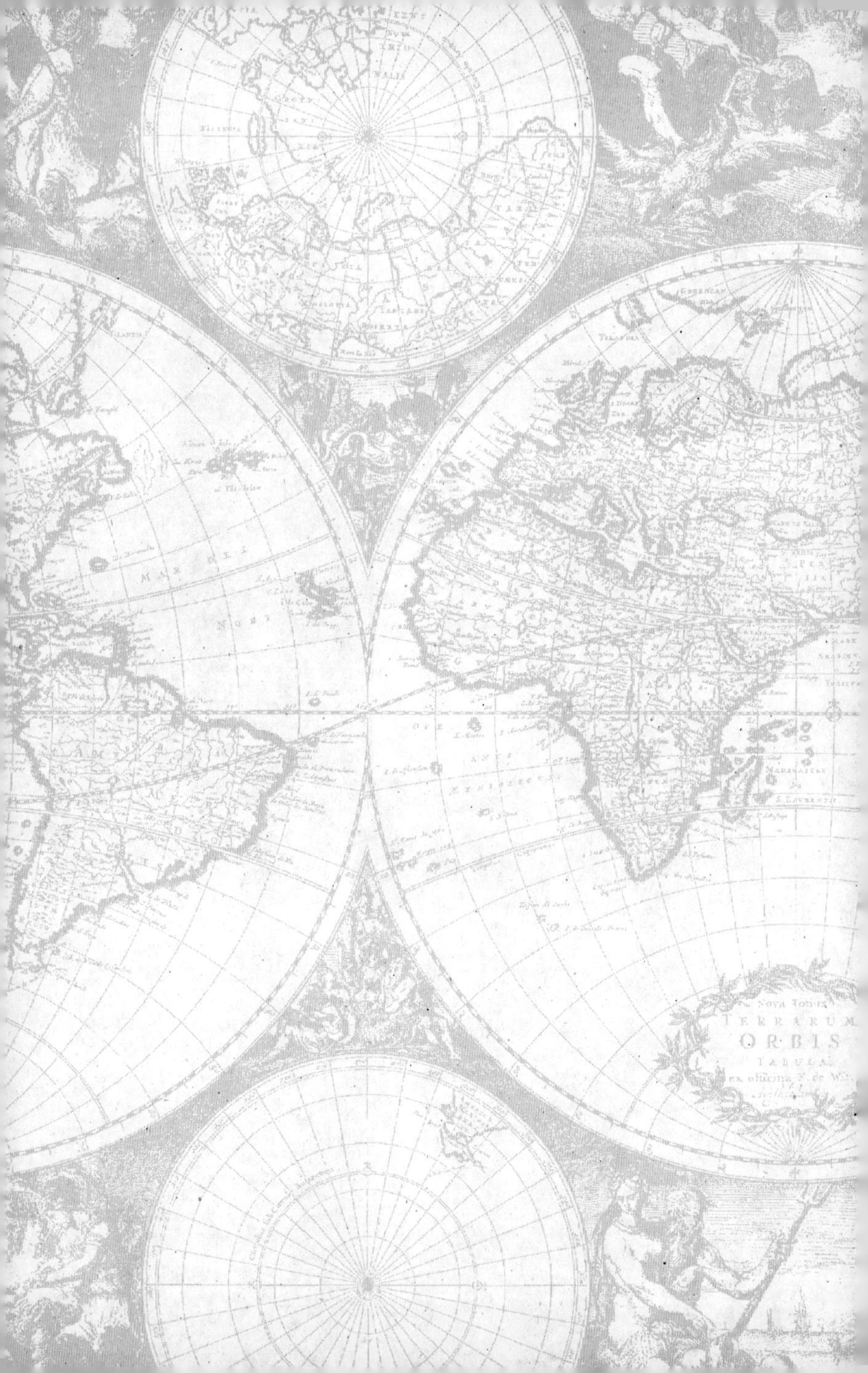

이식쿨 호수를 끼고 있는 제국의 수도 아스란 시의 진면목을 아는 사람은 극히 드물다.

실제로 아스란 시에 거주하는 장인들과 예술가들도 이곳을 매직 컴퍼니에서 건설한 럭셔리한 위락 시설 정도로 생각하고 있었다.

아스란 시를 방문한 여행객들은 놀라운 음식이 제공되는 레스토랑과 최고의 공연이 펼쳐지는 공연장, 그리고 널려 있는 공방들을 보고 놀라워했다.

하지만 시민들이나 방문객들이 가장 충격을 받은 것은 아스란 시 외각 산 중턱에 건설인 거대한 대리석 성이었다.

크리샤스 캐슬로 명명 지어진 이성은 프랑스의 베르사이유 궁전과 러시아 상트페테르부르크의 겨울 궁전과 크레믈린 궁을 능가하는 규모와 독일의 호엔촐레른 성(Hohenzollern), 세계에서 가장 아름답다고 평가받는 노이슈반슈타인 성(Schloss Neuschwanstein)을 아득히 뛰어넘는 아름다움을 자랑했다.

무혁은 어두운 표정으로 크리샤스 캐슬의 중앙홀을 바라보고 있는 민유린의 손을 잡았다.

그리고 그녀의 손을 살며시 쓰다듬으며 물었다.

"표정이 좋지 않아. 세계 최고의 성을 만들어 놓고서 그런 슬픈 표정을 지을 필요는 없잖아."

"아……. 아니에요. 난… 난……. 흑흑흑~! 무혁 씨~"

"……."

무혁은 도무지 민유린이 우는 이유를 알지 못했다. 펑펑 울던 민유린은 한참이 지나서야 울음을 그치고 이유를 이야기하기 시작했다.

"이 성이 완성되려면 얼마나 걸릴 것 같아요?"

"다 된 것 아냐?"

무혁은 화려하게 장식된 중앙홀을 새삼스럽게 둘러보았다. 이곳의 모든 장식과 가구들은 세계 최고의 장인들이 만들어 낸 것이다. 무혁이 아무리 이런 일에 관심이 없다고 하지만 중앙홀의 아름다움을 모를 만큼은 아니다.

하지만 민유린은 무혁의 의견을 부정했다.

"역사속의 성들은 몇 대에 걸쳐 내부를 꾸며나가요. 제 생각대로 이 성이 완성되려면 못해도 100년은 필요해요."

"100년이라……."

무혁은 고개를 갸우뚱했다. 백 년이면 어떻고 이백 년이면 어떻다는 말인가. 모든 성이 그랬다면 크리샤스 캐슬도 그렇게 하면 될 것 아닌가.

"난 이 성의 완성을 보지 못할 거예요. 오로지 당신만이 완성된 크리샤스 캐슬을 보겠죠. 그리고 아마도 당신 곁에는 다른 여인이 서 있겠죠. 내가 만든 성을 보면서 말이죠."

"……."

무혁은 민유린이 말하는 의미를 깨달았다. 민유린은 다시 눈물을 흘리기 시작했다. 자존심 강한 민유린이 이런 이야기를 하기까지 얼마나 많은 고민을 했을지 짐작도 되지 않았다.

무혁은 민유린을 껴안았다. 그리고 말했다.

"함께 보자. 오늘도, 그리고 100년 후도 당신의 자리는 내 옆이야."

"정말이요? 하지만……."

"당신은 나의 능력을 과소평가하는 경향이 있어. 난 당신을 마법사로 만들어 줄 수 있어. 단, 그 뒤에 당신이 얼마나 높은 경지에 오를지는 나도 몰라. 아마도 마나에 대한 감수성을 타고난 현주보다는 힘들 거야. 그렇지만 당신의 의지라면 할 수 있어."

"……."

민유린은 격동했다.

그리고 울화가 치밀었다. 그녀는 가냘픈 주먹으로 무혁을 때리기 시작했다.

"아앗, 왜 그래?"

"내가 말하기 전에 알아서 해주면 덧나요? 무심한 사람. 흥~! 당신은 맞아도 싸요."

"그런가? 하하, 미안미안. 말나온 김에 오늘 당장 하자고."

두 사람은 무혁의 침실로 자리를 옮겼다. 성의 가장 위쪽에 자리 잡은 무혁의 침실에서는 아스란 시와 아름다운 이식쿨 호수, 그리고 호수 너머의 만년설 뒤덮인 설산이 훤히 내려다 보였다.

무혁은 민유린에게 옷을 벗은 다음 침대에 눕게 했다. 그리고 침대 주변에 대규모 마나 집적 마법진을 설치했다.

그런 다음 민유린의 나신에 타고 올라 봉긋한 가슴 언저리에 손을 가져다 댔다.

"조금 따끔할지 몰라. 할 줄은 알지만 해본적은 없거든."

“알았어요.”

무혁은 손에 정신을 집중했다. 그리고 천천히 민유린의 마나로드에 마나를 주입했다.

수천 가닥의 마나로드에 모두 마나를 주입하는 것은 보통 어려운 일이 아니었다. 하지만 무혁은 8서클 마법사의 집중력으로 그 일을 해내고 말았다.

“아~ 아~앙!”

온 세포가 간질거리는 기분에 민유린이 자신도 모르게 신음성을 흘렸다.

“조금만 참아. 지금부터는 입도 벌리면 안 돼.”

무혁의 경고에 민유린은 눈을 깜박였다. 말을 하지 말라는 무혁의 경고를 충실하게 지킨 것이다.

“그래, 지금부터 내가 움직이는 마나의 흐름을 느껴. 그리고 그 경로를 기억해.”

마나로드가 마나로 가득차자 무혁은 그 마나를 움직이기 시작했다.

민유린이 몸이 조금씩 밝게 빛났다. 그녀는 생전 느껴본 적이 없는 상쾌함을 느꼈다.

이윽고 그녀는 가냘프지만 힘찬 마나 고리가 자신의 가슴 심장 주위를 돌고 있음을 느낄 수 있었다.

"내가 해줄 수 있는 것은 여기까지야. 이제부터는 당신의 노력 여하에 달렸어. 난 당신을 믿어."

"고마워요."

민유린은 몸을 일으켜 무혁을 안으려 했다. 하지만 그녀의 나신 위를 타고 앉은 무혁 덕분에 그녀의 시도는 실패로 돌아갔다.

하지만 민유린은 포기하지 않았다. 그녀는 손을 들어 무혁의 머리를 잡고 자신의 얼굴로 끌어당겼다.

"으~ 음."

"사랑해요. 사랑해요, 무혁 씨."

"나도 사랑해."

그때였다.

꽝~!

"사부~! 큰일 났어요."

침실의 문이 열리고 명식이 뛰어 들어왔다. 그와 동시에 침대 옆 경대에 놓여 있던 베네치아제 크리스탈 꽃병이 명식을 향해 날라 갔다.

명식은 소드 익스퍼트 상급의 실력에도 불구하고 민유린이 던진 꽃병을 그대로 얻어맞았다.

퍽!

"악~!"

　잠시 후 명식은 판다 곰처럼 멍든 눈을 어루만지며 무혁에게 투덜거렸다.

　"민 누님은 역사상 최강의 여성일거예요. 소드 익스퍼트 상급도 8서클 마법사도 누님 앞에서는 꼼짝도 못하잖아요."

　"다 네가 수련이 부족해서야. 그러게 노크 정도는 해야지."

　"아～ 이럴 때가 아니다. 큰일 났어요."

　"뭔데 그래?"

　"폐쇄되었던 마나스 기지에 대규모 미군 수송기가 착륙했어요."

　"마나스 기지에?"

　"키르기스스탄 공군의 위협에도 전혀 아랑곳하지 않았어요. 조금 전 블랙 와이번 기사단을 출동시켰어요. 아무래도 미군이 상대라 화이트 와이번 기사단은 아스란 시를 경비하도록 했고요."

　"잘했다. 우리도 가보자."

　"넵!"

　무혁의 신형이 그 자리에서 사라졌다.

　"소드 익스퍼트 상급 별것없어. 칼질만 잘하면 뭐하냐고. 나도 마법사가 되었어야 해!"

　명식은 툴툴거리면서 자신의 애기인 '나이트 오브 골드'

가 주기되어 있는 격납고로 향했다.

그리고 금빛으로 번쩍거리는 나이트 오브 골드를 타고 마나스 기지로 향했다.

* * *

크리샤스 캐슬의 완공과 함께 아스란 섬의 거의 모든 시설이 옮겨왔다. 그중에서도 가장 큰 규모를 자랑하는 것이 히드라 시스템이었다.

이세영은 만족스러운 표정으로 크리샤스 캐슬 지하 깊숙이 설치되어 있는 히드라 시스템의 중앙에 섰다.

"시작해!"

그녀의 시야 전체가 마나스 기지의 전경으로 가득 찼다.

이세영은 정보에 목마른 사람이었다. 그리고 그녀의 욕구를 채워준 이는 '불을 삼킨 얼음 마녀' 란 닉네임으로 불리는 성진영이었다.

성진영은 특유의 카리스마를 앞세워 대한민국과 왜의 항공우주학자들을 들들 볶아 전혀 새로운 히드라 시스템을 창조해냈다.

새로운 히드라 시스템은 기존의 아스란 1호 미사일을 이용하지 않았다. 대신 가로, 세로, 높이가 각각 30㎝ 정도인 '큐브'

를 이용했다. 지구의 바다와 지상, 우주를 가리지 않고 10만 개 이상이 뿌려진 큐브는 독립적으로 감시위성 역할을 수행하면서도 특별한 경우에는 스스로 폭발물의 역할까지 하는 물건이다.

이세영은 우선적으로 큐브들을 미국과 러시아 그리고 기타 핵 보유 국가들의 미사일 사일로 주변에 밀집시켜놓고 있는 상태였다.

"마음에 들어?"

성진영의 질문에 이세영은 엄지손가락을 치켜세우는 것으로 대답을 대신했다. 그리고 화면에 집중했다.

화면 속에서는 프로텍터 비슷한 갑옷을 입은 일단의 무리와 페카드들이 전투를 벌이고 있었다.

"빌어먹을~!! 쥐새끼 같으니라고."

김성찬은 소처럼 콧김을 뿜어냈다. 적들은 가볍게 날면서 페카드가 휘두르는 건블레이드를 피하고 있었다.

게다가 그들이 들고 있는 길이 3m 정도 되는 막대기가 쏘아대는 탄환은 120㎜ 전차포의 날개안정식 분리철갑탄 (APFSDS:Armor Piercing Fin Stabilized Discarding Sabot)의 직격에도 견디는 페카드의 실드를 뚫어내고 있었다.

—마나 흐름 불안정, 지속적인 충격 시 실드 마법이 캔슬됩니다.

페카드의 중추를 담당하는 ICS마법진이 연신 경고음을 내뱉었다.

"시끄러~!"

역시 미국이란 생각이 들었다.

그동안 잠잠히 침묵하고 있던 이유가 있는 것이다.

블랙 와이번 기사단이 고전을 하고 있지만 사실 더욱 놀라고 있는 사람은 지구 반대편에서 페카드와 리보니아 기사단 간의 전투를 지켜보고 있는 유다였다.

"정말 대단해. 이 그래프를 보라고. 마나의 흐름이 생명체처럼 움직이는 군. 위성개발이 조금만 늦었어도 큰일 날 뻔했어. 헤르메스 주교. 수고했어. 이번 작전이 끝나면 응분의 보상이 있을 거야."

"감사합니다, 지배자시여."

빌 게이츠는 머리를 조아렸다. 그렇게도 기다리던 영생의 길이 열렸다. 그는 뿌듯한 마음으로 전투가 중계되고 있는 모니터를 바라보았다.

이번 공격을 위해 빌 게이츠는 많은 노력을 기울였다.

그중 가장 중점을 둔 것이 마나의 흐름을 스캔할 수 있는 특별한 위성이었다. 유다가 보고 있는 모니터에 출력되는 도형들은 모두 페카드가 움직이면서 사용하는 마나를 위성이 스캔한 데이터를 슈퍼컴퓨터 10대를 병렬로 묶은 초슈퍼컴퓨터가 실시간으로 시뮬레이션하고 있는 결과물이었다.

이것으로 유다는 각 마법진을 보지 않고서도 자신의 몸에 마법진을 그대로 옮길 수 있었다.

유다가 가진 죽지 않는 특성은 생각지도 못한 방식으로 작용하는 마나의 사용방법을 그가 쉽게 익히도록 해줄 것이었다.

각자 4~5서클에 달한 마법사들로 이루어진 리보니아 기사단의 장비도 인류가 생각해낼 수 있는 최상의 것이었다.

먼저 그들이 입고 있는 갑옷은 지금까지 알아낸 두 가지의 마법진인 플라이와 실드 마법진을 새기고 있었다. 그리고 월등히 부족한 페카드나 프로텍터의 방어력에 대항하기 위해 탄소 나노 튜브 허니컴 복합체로 만들어져 있다.

'한 벌에 400억!'

스페이스 셔틀의 우주인이 우주유형을 할 때 입는 우주복의 가격이 대략 150억 원 정도라고 한다. 그러니 리보니아 기사단이 갑옷이 얼마나 비싼 물건인지 가늠할 수 있었다.

세계의 부를 독점하고 있는 유다가 아니라면 감히 시도도 못해볼 거금이 투입된 갑옷은 그 가격을 충분히 하고 있었다.

페카드의 거대한 건블레이드를 견딜 수는 없었지만 보병용 건블레이드는 수차례 견딜 수 있는 강도를 확보했기 때문이다.

그리고 리보니아 기사단의 무기인 레일건도 엄청난 물건이긴 갑옷과 마찬가지였다. 한 쌍으로 구성된 금속 레일(Metal Rail)을 따라서 전기적 성질을 가진 포탄(Conductive projectile)을 초고속으로 가속하여 발사하는 포(Electrical Gun)는 미군이 차세대 전차포와 함포로 개발하던 물건이었다.

유다는 DRAPA(Defense Advanced Research Projects Agency)와 텍사스 주립대학(University of Texas), 미 해군 산하의 무산무기센타(Naval Surface Warfare Center Dahlgren Division), 영국의 BAE System 등에서 연구하던 과학자들을 모두 끌어 모아 전차포 수준이던 레일건의 크기를 단 5년 만에 리보니아 기사단이 사용할 수 있는 크기로 만들어냈다.

리보니아 기사단의 표준 장비인 레일건은 막대한 전력량을 감당하기 위해 4중수소 연료전지를 일시에 폭발시키는 방법으로 레일건에 필요한 대용량의 전력량을 커버했고, 150g의 텅스텐 탄자를 10.64메가줄(Megajoule)의 위력으로 2,520㎧의 포구 속도로 날려 보낼 수 있었다.

마나의 흐름을 포착한 이는 유다뿐만이 아니었다. 무혁은 마나스 공군 기지에 나타난 200명의 적이 모두 4~5서클 마법사라는 사실을 알아차렸다.

'하지만 이상해. 1서클 마법사보다 마나 운용이 형편없어.'

무혁은 적의 움직임을 유심히 살피기 시작했다.

'실드와 플라이 마법뿐, 그것도 마나는 착용자의 마나에 전적으로 의존!'

당당하게 미군 수송기를 타고 나타났으니 적이 미군이란 것은 확실했다.

'유다.'

생각할 필요도 없었다.

유다는 지금까지 은밀하게 이런 괴물들을 만들어 낸 것이다.

무혁은 뷰 마나포스 마법을 사용했다. 하지만 200명 이외에 마나를 가진 인물은 감각에 잡히지 않았다.

머릿속에 위험 신호가 켜졌다.

유다는 인간이라고 볼 수없는 인물이다. 그런 인물이 성과 없는 도발을 해왔다는 사실은 무혁에게 경각심을 안겨주었다.

분명 목적이 있었다.

'핵? 아냐. 그럼?'

그의 눈에 벌떼처럼 날아다니고 있는 적의 모습이 보였다.

"······?! 세영, 주변을 살펴. 항공기. 차량 등등 뭐든지. 전투를 감시하고 있는 물체가 있을 거야."

무혁의 명령을 받은 이세영은 마나스 공군기지 주변에 한정되어 있던 히드라 시스템의 시야를 넓히기 시작했다.

"특이한 건 없어요. 다만 마나스 공군기지 상공에 국가 식별이 안 되는 인공위성 한 대가 있을 뿐이에요."

"파괴시켜! 빨리!"

이세영은 발견된 인공위성에 주변에 있던 큐브를 돌진시켰다.

꽝~!

잠시 후 지상에서는 보이지 않는 불꽃놀이가 어두운 우주에 펼쳐졌다.

"치웠어요."

"땡큐~! 모든 페카드들은 전투 공역을 이탈하라."

무혁의 명령을 받은 페카드들이 분분히 전투 공역을 벋어나기 시작했다.

계속해서 무혁은 생각해두었던 주문을 외우기 시작했다.

8서클 마법사만이 시전할 수 있는 대규모 마법이 펼쳐졌다.

"마나의 지배자로서 명하노니 마나여, 주인의 명을 받들어

스스로의 행동을 멈출지어다. 필드 마나 프리징!”

무혁이 펼친 마법은 일정 지역의 모든 마나의 흐름을 동결하는 마법이다.

마법이 펼쳐지자 갑자기 달아나는 페카드 덕에 우물쭈물하고 있던 적들이 수명을 다한 하루살이처럼 하늘에서 지상으로 우수수 떨어졌다.

“모두 치워버려.”

본신의 마나로 플라이마법을 사용하는 리보니아 기사단과는 달리 마나 카트리지를 사용하는 페카드들은 마나 동결 마법의 영향을 받지 않았다. 페카드들에 의한 살육이 시작되었다.

무혁은 그중 몇몇을 포로로 잡기를 원했다.

그리고 그의 명령은 충실하게 이루어졌다.

유다는 아쉬움의 탄성을 내뱉었다.

위성으로부터의 신호가 끊긴 것이다.

하지만 유다는 페카드의 움직임으로부터 마법진의 거의 모든 비밀을 알아내는 성과를 거두었다.

아쉬움은 있었지만 실패는 아니었다.

“리보니아 기사단은 아마도…….”

“사소한 일에 신경 쓸 것 없다. 유전자 조작으로 만들어낸

두 번째, 세 번째 기사단도 얼마 지나지 않아 4서클에 접어든
다."

　자신의 핏줄이라고 애지중지하던 때가 바로 어제까지였
다. 하지만 그렇게도 소원이던 영생을 얻은 빌 게이츠는 깊숙
이 고개를 숙였다.

　원하던 정보를 모두 얻은 유다는 지하 깊숙이 자리한 견고
한 벙커로 들어갔다. 그리고 자신의 몸을 도화지 삼아 알아낸
마나의 흐름을 그리기 시작했다. 그렇게 그는 초 단위로 강해
지고 있었다.

　다시 몇 개월이 시간이 훌쩍 지나갔다.

＊　　　　＊　　　　＊

　덜스 비밀기지(Dulce Secret Underground Base)의 지상 경비
를 맡고 있는 존 헐리 해병 상병은 언제나 그랬듯이 무료한
경비업무를 성실히 수행하고 있었다.

　몇 겹의 철조망과 상상할 수 있는 모든 전자장비로 도배된
이곳을 침입할 사람이 있을 리 없어 그의 군 생활은 언제나
편했다.

　그는 브루클린의 할렘에서 태어나 당연하게 갱이 되었다.
그리고 생과 사를 수도 없이 경험했다.

어느 날 그는 어릴 적 함께 놀던 친구 중 살아 있는 사람은 오직 자신뿐이란 사실을 깨달았다. 그 순간 마음에 구멍이 뚫린 존 헐리는 다음날 아침 길거리에 있는 해병 모병관 사무실의 문을 두드렸다. 그리고 입소한 해병대 훈련캠프에서 자신이 타고난 군인 체질임을 깨달았다.

운도 좋았다.

동기들 중 가장 성적이 좋았던 존 헐리는 이라크와 아프가니스탄 파병 대신 듣지도 보지도 못한 덜스 기지란 곳의 경비대로 배속을 받았다.

존 헐리는 이곳에서 새로운 자신을 만들기로 결심했다. 그는 통신교육으로 고등학교 졸업장을 취득하고 평소 관심있어 하던 항공공학에 관한 통신대학 교육을 이수하기 시작했다.

그는 이제 며칠 앞으로 다가온 의무복무기간을 마치면 지금까지 모아둔 돈으로 원하던 대학에 진학을 할 예정이기도 했다.

"뭐지?"

때맞추어 날아온 대학 입학 허가서 생각에 기분이 좋았던 존 헐리 상병은 따사로운 햇살을 가리는 그림자에 하늘을 바라보았다.

"……."

거대했다.

도저히 떠 있을 수 없는 쇳덩어리가 태양을 가리고 있었다.

"힌덴부르크?"

존 헐리 상병이 오해할 만도 했다.

그가 발견한 것은 마치 1차 세계 대전 중 영국 전역을 공포에 떨게 했던 체펠린 백작의 경식비행선과 같은 모습의 비행체다.

하지만 커도 너무 컸다. 게다가 그런 커다란 비행체가 무려 3대였다.

존 헐리 상병은 고민하지 않고 그의 근무기간인 4년 동안 한 번도 누르지 않았던 비상벨을 힘차게 눌렀다.

존 헐리 상병이 비상벨을 누르기 전 이미 덜스 기지는 비상 상황이었다.

레이나에 전혀 포착되지 않은 채 덩그러나 나타난 비행체 덕분이다.

"대한민국의 '터틀 쉽' 입니다. 일본 점령전에서 등장한 적이 있습니다."

외부 감시 모니터를 보고 있던 오퍼레이터가 소리쳤다.

당시 미군에서는 340m에 달하는 비행선을 운용하는 대한민국의 저의를 알기 위해 무척이나 노력했었다.

결국 거북선이 중력 차단장치를 이용한 순수한 비행체라

는 사실이 밝혀지고 나서도 미군은 별다른 경각심을 가지지 않았다.

세계 2차 대전 말미에 거함거포주의 산물이었던 전함들이 몰락한 상황에서 미사일 천국인 현대 항공전에서 거북선을 인명 수송용 이외의 용도로 사용한다는 것을 생각할 수 없어서였다.

하지만 폭장의 가능성은 존재했다. 저런 덩치에서 쏟아지는 폭탄의 비는 가공할 위력을 보일 것이 분명했다.

'끄떡없어. 여긴 지하 4㎞라고⋯⋯. 입구가 무너져도 옆 기지로 이동하는 지하 셔틀도 있고⋯⋯.'

오퍼레이터가 스스로를 안심시켰다.

"터틀 쉽! 상승합니다. 300, 500, 1,000. 상승속도가 빨라집니다."

"홀로먼 공군기지에서 스크램블한 F—22와 F—15 접근 중."

오퍼레이터의 안심을 확인시켜주는 다른 오퍼레이터들의 외침이 이어졌다.

"도대체 왜?"

당직사관은 빨간색 전화기를 들었다. 그 전화는 자신도 모르는 곳으로 연결되는 직통전화였다.

그 시간 덜스 기지 최하층인 7층보다 한참 아래에 위치한 벙커에 세 사람이 대화를 나누고 있었다.

"아브라함, 그리고 헤르메스! 난 신의 비밀을 알아냈단다."

아브라함이라 불린 히틀러와 헤르메스라 불린 빌 게이츠는 잠자코 침묵했다. 구태여 말로 하지 않아도 유다가 풍기는 기운은 인간의 것이 아니었다.

더욱더 젊어져 이제는 20대 초반 청년의 모습이 된 유다는 말을 이어나갔다.

"알고 보니 별것도 아니었어. 난 그저 한 존재의 유희의 결과물이었던 거야."

"……."

"허허허~!"

유다는 알아들을 수 없는 말을 하면 공허하게 웃기 시작했다.

거북선은 덜스 기지 상공 우주까지 상승했다.

"사부님! 준비됐습니다."

"나도 알아."

"큼~! 왜 그리 퍽퍽하십니까? 오늘은 몇 번째 황후께 바가지를 긁히셨기에……."

"죽을래?"

무혁이 뜨끔한 표정으로 명식을 위협했다. 하지만 명식은 장난기 어린 표정을 풀지 않고 오히려 이죽거렸다.

"안 죽을 걸요. 이래봬도 소드 마스텁니다. 캬캬."

"그래 너 잘났다. 잘났어."

민유린과 김현주, 그리고 이세영에 더해서 생각지도 않던 이진과도 부부의 연을 맺은 무혁은 하루하루가 지옥과도 같았다.

"이제 모든 것을 마무리할 때야. 시작하자."

"알겠습니다. 사부님!"

"더 이상 가르칠 것도 없어. 너 혼자 컸으면서 꼬박꼬박 사부님은 무슨……."

"그럼 황제 폐하라고 불러드릴까요? 사부님!"

"아서라! 아서라! 빨리 끝내고 집에 가자."

"옛설!"

명식은 힘차게 명령을 내리기 시작했다.

"목표! 미국, 뉴멕시코주 덜스 기지. 신의 지팡이 연속 발사 준비! 동시에 지구 제압작전 실시."

"신의 지팡이 발사 준비 완료 됐습니다. 공작각하. 타 부대에서도 동시에 핵탄두 제압작전에 들어갑니다."

"발사~!"

"발사~!"

우주 공간에 떠 있던 거북선의 하부에서 기다란 화살처럼 생긴 막대기가 천천히 지구의 지표를 향해 하강하기 시작했다.

바로 이막대기가 신의 지팡이이다.

신의 지팡이는 특별한 무기가 아니다. 그저 길이 10m의 기다란 텅스텐 막대기를 지상의 목표물에 떨어뜨릴 뿐이다.

그러면 나머지는 모두 중력이 해결해준다.

거북선에서 떨어뜨린 '신의 지팡이' 가 중력에 끌려 가속하기 시작했다. 조금씩 공기와의 마찰로 달구어다가 불덩어리로 변한 '신의 지팡이' 의 속도는 어느덧 초속 10.8㎞에 이르렀다.

그리고 발사 후 15분 만에 신의 지팡이는 덜스 기지를 직격했다.

존 헐리 상병이 처음 느낀 것은 떨어지는 불덩어리였다. 그리고 느낀 감각은 진동하는 땅거죽이었다. 그리고 마지막으로 느낀 감각은 온몸의 장기가 터져나가는 느낌이었다.

지상에 도달한 신의 지팡이는 콘크리트로 강화된 덜스 기지 상부를 무려 깊이 200m나 뚫고 들어갔다.

그리고 일어난 순수한 운동 에너지가 주변 지반과 지하 심층부를 뒤흔들었다.

순간 두 번째 신의 지팡이가 연약해진 지반에 다시 직격했다.

콘크리트와 흙이 섞인 대량의 파편들이 지상으로 1㎞ 이상 솟구쳤다.

그리고 같은 상황이 덜스 기지가 먼지로 변할 때까지 반복되었다.

공격을 마친 거북선은 그대로 쉬지 않았다. 지상으로 접근한 거북선들은 워터 계열 마법을 뉴멕시코 주 전역에 뿌리고 다녔다.

신의 지팡이 때문에 날아오른 대량의 토사들을 잠재우지 않으면 2차 재앙이 닥치기 때문이었다.

덕분에 건조한 뉴멕시코 일원은 때 아닌 진흙비 세례로 홍역을 알아야 했다.

어느 정도 정리가 끝나자 무혁은 덜스 기지가 있었던 장소로 나이트 오브 골드에 올라탄 명식을 데리고 다가갔다.

"집에 가자면서요. 참. 지구 제압작전은 성공이에요 .오늘부로 지구에 핵미사일은 한 발도 없어요."

"잘됐구나."

"무슨 말이 그래요? 기뻐하는 시늉이라도 하시지."

"넌 멀었어. 진짜 게임은 이제 부터야."

"……."

무혁의 말에 명식은 의식을 집중시켰다.

"어떻게……. 말도 안 돼."

하강하고 있는 페카드 아래에서 거대한 마나가 느껴졌다. 그 마나의 양은 크고도 강해서 무혁의 그것을 능가하고 있었다.

"후후~! 내가 본 게임이라고 했잖아. 바짝 긴장해라. 저놈은 9서클이야."

"……."

허허롭게 몇 ㎞를 날아내려 구덩이 아래에 내려선 무혁은 곤죽이 되어 버린 살덩어리 두 점을 지켜보고 있는 유다에게 다가갔다.

"유다님?"

"네가 무혁이구나?"

유다는 시선을 돌려 무혁을 바라보았다.

"그 살점이 살아난다니 두렵군요."

"별것 아니다. 그리고 힘을 거둬들였으니 이들은 그저 살점일 뿐이다."

"냉정하시군요. 그나저나 당신은 어떻게 그렇게 빨리 강해졌죠? 괴물 같아요."

무혁이 유다에게 질문을 던졌다.

"2,000년 동안 죽지 말고 살아보렴. 의지는 강철처럼 강해지고, 생각은 바다처럼 넓어진단다."

"그 힘을 좋은 곳에 쓰셨으면 좋았을 것이라 생각합니다."

"난 지금까지 생각할 수 있는 모든 방법을 동원해서 인간을 좋은 길로 이끌려 노력했다. 내가 없었으면 인류는 몇 번이고 멸망했을 것이란다."

"그럴 수도 있겠군요."

"넌 꿈이 무엇이냐?"

"별거 없어요. 그냥 내 마음대로 할 수 있는 황제가 되려 합니다. 그리고 맘에 안 드는 놈들 깡그리 치워버리는 거죠."

"그런 방법이 있었군. 괜히 고민을 했어."

"그건 그렇고 예수님은 어떻게 생겼습니까? 진심으로 궁금합니다."

"예수보다는 신이 궁금하겠지. 지금에야 깨달았지만 예수는 너처럼 운 좋고 성격 좋은 시골 청년이었을 뿐이고……."

"역시 예수도 마법사였군요?"

"그래, 너처럼 말이다."

"이해할 수 없어요. 그럼 당신에게 영생이란 행운과 저주를 동시에 준 이는 누구란 말입니까?"

"말해줄 수도 있지만 그러기 싫구나."

유다의 거절에 가만히 듣고 있던 명식이 나섰다.

"에이, 쩨쩨하게……."

"오호라! 네가 마나를 마법사와 다른 방식으로 수련한 소드 마스터구나. 허참. 어린아이가 대단한 경지에 올랐군. 이름이 뭐더냐?"

"명식이라고 합니다. 제가 조금 세죠. 크크."

유다는 미소를 지었다. 눈빛을 보니 분명 어둠이 깔려 있었다. 하지만 저들은 그 어둠을 자신의 것으로 만들어 밝고 건강한 미소를 보이고 있었다.

'나도 다시 한 번 그런 길을 갈 수 있다면……. 신 따위의 뒤를 쫓는 멍청한 짓은 하지 않았을 텐데. 아이들의 말대로 그저 내키는 대로 살면 되는 거였어. 하지만 후회해서 무엇하랴. 이것도 또 하나의 삶인 것을.'

9서클에 오르고 잊어버리고 있던 2,000년 전의 상황이 손에 잡힐 듯 떠올랐다.

유다는 모든 진실을 깨달았다.

그리고 진실 뒤에 숨은 거대한 절망을 보았다. 9서클의 유다도 어떻게 할 수 없는 심연의 저곳에 똬리를 틀고 있는 절망이다.

유다는 다시금 두 청년의 얼굴을 유심히 바라보았다.

'나를 이기면……. 나를 이기면… 혹시라도 너희가 절망을 깨뜨릴 수 있겠지.'

결심을 굳힌 유다가 무혁에게 말했다.

"스쳐 지나가는 인연은 짧을수록 미련을 남기지 않는 법이다. 시작하자꾸나."

"이 방법 밖에 없나요?"

"그래, 이 방법뿐이란다."

"그럼~!"

무혁은 유다에게 정중하게 고개를 숙였다. 역사의 관찰자이자 지배자에게 보내는 마지막 예의였다. 그리고 억누르고 있던 마나를 개방했다.

무혁의 마나를 느낀 유다가 크게 웃었다. 무혁은 9서클이었다.

"하하하하하하하~! 그놈 참! 맹랑하고……."

"언제나 실력의 3할을 숨기는 겁니다."

"내가 배웠다. 내가 배웠어."

그리고 전투가 시작되었다.

두 명의 남자와 한 대의 금빛 페카드가 벌인 전투는 무려 6일에 걸쳐 지속되었다.

20발의 신의 지팡이를 얻어맞은 덜스 기지에 생긴 크레이터의 직경이 10㎞였다.

그리고 두 인간과 페카드가 만든 크레이터는 그 직경을 두 배로 늘려놓았다.

　무혁은 맨땅에 털썩 주저앉았다. 그의 옆에는 이제는 고철이라고 부르기에도 민망한 나이트 오브 골드가 널브러져 있었다.

　"괜찮나?"

　"죽진 않았어. 노인네 무지 세네. 몇 번이고 죽는 줄 알았어."

　"싸우는 방법을 가르쳐준 것 같아. 이길 수 있으면서 말이야."

　"나도 그렇게 느꼈어."

　명식도 무혁의 말에 동의했다.

　"9서클이 되면서 스스로 죽을 수 있었던 나에게 유다가 남긴 말이 있어."

　"뭔데."

　"신의 정체. 그를 죽지 않게 만든 존재."

　"……."

　"드래곤이래."

　"뭐야?"

　"드래곤……. 어디 있는지도 모르고 지구에 있는지도 모르지만 그렇다네."

　유다는 신의 정체가 유희를 나온 드래곤이라고 말했다.

　무혁은 그 드래곤이 자신에게 마법을 남긴 아스란과 같은 곳에서 온 드래곤일 거라 생각했다.

　"그럼 놀러온 도마뱀 한 마리가 지나가던 시골 청년에게 마법을 가르쳤고 그 청년이 예수다. 이 말이야?"

　"그렇지. 그리고 착하디착한 예수는 십자가에 못 박혔지. 열 받은 드래곤은 예수를 팔아먹은 유다에게 영생이란 천형을 내린 것이고. 그 뒤에 수면기에 들어갔을 테고……. 뭐 수면기가 끝나고 죽이려고 유다를 살려뒀을 수도 있겠다."

　"우리는 아직 드래곤이란 강적을 남겨두고 있는 상태란 이야기네. 무려 10서클의 성격 더러운 도마뱀을……."

　"원래 차원으로 돌아갔을 수도 있어."

　"그렇다면 좋겠네."

　"아～! 배고프다 집에 가자."

　"응! 사부님. 아니, 황제폐하."

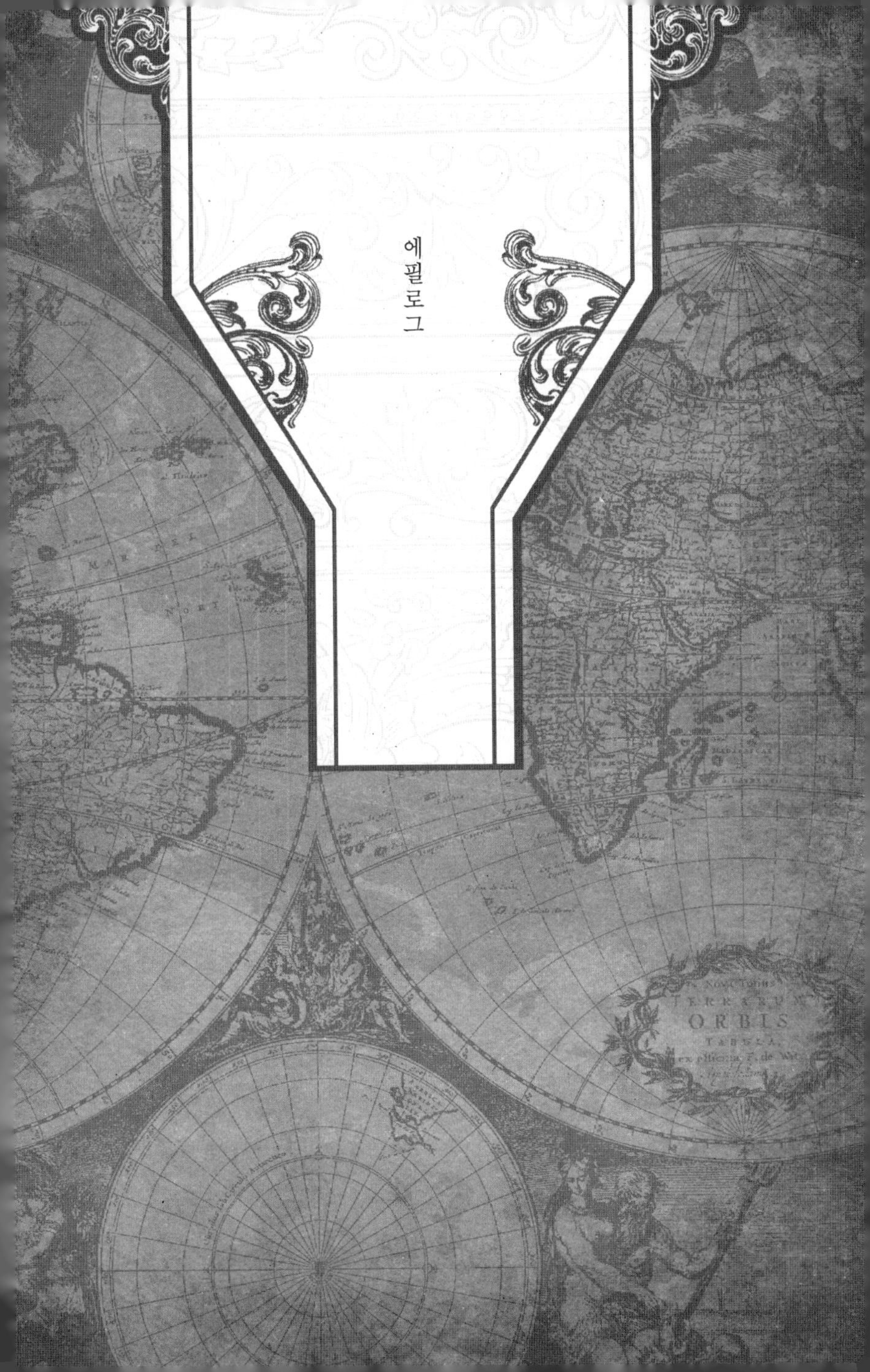
에필로그

21XX년 6월 12일 '제국' 표준시 13시 28분

―KCNN 뉴스 속보를 보내드립니다.

21XX년 6월 12일 제국 표준시 13시 27분 42초에 문무혁 황제 폐하께서 승하하셨습니다.

다시 한 번 말씀드립니다. 오늘 21XX년 6월 12일 '제국' 표준시 13시 27분 42초에 문무혁 황제 폐하가 승하하셨습니다.

자세한 소식은 크리샤스 캐슬을 연결해 전해드리겠습니
다.

제국 시민 여러분들은 동요하지 마시고 뉴스에 귀 기울여
주시기 바랍니다.

김성철 기자. 김성철 기자. 전해주세요.

21XX년 6월 12일 제국 표준시 14시 05분

—계속해서 황궁에서 전해드립니다.

저는 황궁에 나와 있는 UNN의 성재경 기자입니다.

제국 황실 시종부(侍從部)장관 감인성은 조금 전 14시 00분
에 공식적으로 문무혁 황제가 승하하셨음을 발표 했습니다.

며칠 전부터 용태가 심상치 않으시던 황제 폐하의 쾌유를
기원하는 이들로 가득 차 있던 황궁 앞 광장에는 비보를 들은
제국민들이 비통함을 감추지 못하고 울부짖고 있습니다.

황궁 앞 광장은 오늘 승하하신 이 시대의 마지막 영웅을 추
모하는 사람들로 발 디딜 틈이 없습니다만 비보를 전해들은
제국민들은 아랑곳하지 않고 삼삼오오 짝을 지어 황궁 앞으
로 모여들고 있습니다.

몇몇 제국민들과 대화를 나눠보겠습니다.

21XX년 6월 12일 제국 표준시 20시 03분

—YNN 특별 생방송, 시대의 거인을 기억하다를 시작하겠습니다.

시청자 분께서도 이미 아시다시피 오늘 비통한 소식이 전해졌습니다. 그동안 노환으로 투병중이시던 황제 폐하께서 승하하셨다는 소식입니다.

잘 알려져 있다시피 문무혁 황제 폐하께서는 평범한 가정에서 태어나셔서 스스로의 힘으로 인류 역사상 최초의 지구제국을 건설하신 영웅이십니다.

대영제국, 오스만투르크제국, 로마제국 등 역사에서 우리는 수많은 제국들이 존재했다는 사실을 알고 있습니다. 하지만 '제국'은 대영이니 오스만투르크니 로마니 하는 수식어가 붙어야 하는 나라들과는 다릅니다.

제국 대백과사전의 '제국' 항목을 살펴보겠습니다.

여기 있군요. '제국', 문무혁 황제에 의해서 건국된 인류 역사 최초의 전 지구적 통일국가라고 나와 있습니다.

이미 '제국'은 문무혁 황제가 세운 나라를 뜻하는 고유명사로 자리 잡았다고 볼 수 있는 것입니다.

또한 인류 역사에 영웅이라고 불릴 만한 사람들은 많았습니다. 징기스칸, 나폴레옹, 알렉산더, 광개토 대제 등이 그 좋은 예가 되겠지요.

하지만 그들의 업적을 더하더라도 황제 폐하의 위업에는 모자람이 있다는 것이 모든 학자들의 일관된 결론입니다.

황제 폐하의 생애에 공만 있었던 것은 아닙니다. 그가 이룬 커다란 업적의 그늘에는 분명 민주주의의 후퇴라는 씻을 수 없는 과도 존재합니다.

오늘은 황실 제12대학 역사학부 명예교수이신 신동석 박사님과 황실 폐지 추진 운동본부 박규리 사무총장을 모시고 그 공과 과에 대해서 이야기해보는 시간을 가지려 합니다.

광고 후 계속됩니다.

자신이 죽었다는 방송을 지켜보던 무혁이 흑맥주 한 잔을 시원하게 들이켰다.

"아~! 맛있다. 황궁에서는 이 좋은 걸 못 마시게 해."

"황제 폐하! 아니다. 사부님!"

"뭐?"

"아무리 그래도 너무 쉽게 황제 자리를 내팽개친 것 아님니까?”

“그러니까 너 하라고 했잖아. 황제! 넌 왜 따라나섰는데?”

“그냥요. 그리고 사부랑 다니면 심심하지 않거든요.”

“죽을지도 몰라. 이번에는…….”

“그건 싫은데…….”

“어쭈~!”

“농담이에요! 농담!”

명식이 손사래를 쳤다.

무혁은 바텐더에게 다시 흑맥주 한 잔을 청해 시원하게 들이켰다. 그리고 독백하듯 말했다.

“50년 가까이 지구를 샅샅이 뒤졌어. 드래곤은 찾을 수 없었지.”

“그런 그렇죠. 원래의 차원으로 돌아갔나 보죠.”

“그런데 생각하면 생각할수록 드래곤의 유희 덕분에 인류가 2,000년을 놀아난 일을 생각하면 분통이 터져 잠이 안 오더란 말이지.”

“아무리 그래도 어렵게 얻은 황제 자리를 내팽개치고 차원이동까지 해서 도마뱀을 잡으러 갈 건 뭐예요. 뒤끝 더럽게스리……. 아얏! 왜 때려요!”

명식이 투덜거리자 무혁은 명식의 머리에 꿀밤을 났다.

“임마! 그게 바로 인간이야. 뒤끝이 인간을 성장하게 하는 거라고……."

  멀고도 머나먼 여행을 떠나기 전날 밤.

  오랜 세월을 함께한 두 사제의 술자리는 깊어져만 가고 있
었다.

『21세기 황제』 완결

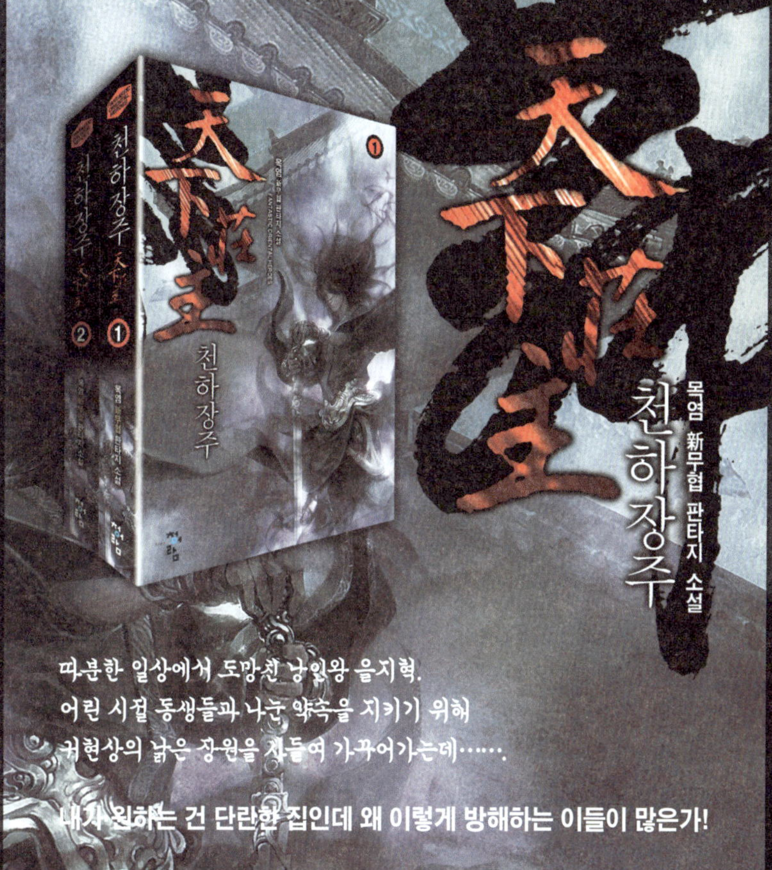
목염 新무협 판타지 소설
천하장주

따분한 일상에서 도망친 낭인왕 을지혁.
어린 시절 동생들과 나눈 약속을 지키기 위해
귀현상의 낡은 장원을 사들여 가꾸어가는데……

내가 원하는 건 단란한 집인데 왜 이렇게 방해하는 이들이 많은가!

아무도 찾지 않는 귀현산 중턱의 낡은 장원. 그곳에서 천하를 뒤흔들 주인이 탄생한다!
나의 꿈을 방해하는 자, 그 목숨을 걸어라!

천하장주!

Book Publishing CHUNGEORAM

유행이 아닌 자유추구 -
WWW.chungeoram.com

1월 0일

진호철 장편 소설

살아진다고 사는 것이 아니다.
스스로 살아야만 진정한 삶이다!

우주의 법칙마저 뛰어넘은 미증유의 힘, 반물질과의 만남.

1월 0일, 운명이 격변하는 날!
오늘은 새로운 삶의 시작이다!